九如巷的张家四姐妹

李 婍◎著

中国文联出版社
http://www.clapnet.cn

图书在版编目(CIP)数据

　　九如巷的张家四姐妹 / 李婍著. －－北京 ：中国文联出版社,2023.8
　　ISBN 978－7－5190－5144－0

　　Ⅰ.①九… Ⅱ.①李… Ⅲ.①传记文学－中国－当代 Ⅳ.①I25

中国国家版本馆 CIP 数据核字(2023)第 053122 号

著　　者　李　婍
责任编辑　苏　晶
责任校对　风　劲
装帧设计　杨晓康

出版发行　中国文联出版社有限公司
社　　址　北京市朝阳区农展馆南里 10 号　　邮编 100125
电　　话　010－85923025(发行部)　　010－85923091(总编室)
经　　销　全国新华书店等
印　　刷　北京昌联印刷有限公司

开　　本　880 毫米 x1230 毫米　1/32
印　　张　8.5
字　　数　159 千字
版　　次　2023 年 8 月第 1 版第 1 次印刷
定　　价　46.00 元

引 子

九如巷张家的四个才女，谁娶了她们都会幸福一辈子。

这话如果是别的什么人随便说出来的，张家的四个女儿有没有那么好，需要进一步考证，但是这话从著名作家、教育家叶圣陶的嘴里说出来，就由不得你不信了。叶先生说话一贯严谨，最重要的是，当时他在张家创办的苏州乐益女校教书，目睹过四位小姐少女时代的风采。

90多年前，在女校遍植白梅和绿柳的凉亭边，浅笑着携手婷婷走过的张家女儿们，还是美丽的二八少女，她们的才学和美丽，让所有见到过她们的人艳羡。

张氏四姐妹的父亲张冀牖是女校的校长，依照叶先生的刚直性格，不会妄夸校长家的女儿们。

叶先生真的说中了，娶了这四位小姐的四个男子果然幸福了一辈子。

四姐妹分别以不同的方式书写了自己的精彩人生。

张元和、张允和、张兆和、张充和，以民国世家的组合，成为文化界声名卓著的张氏四姐妹，与另一个民国世家的组合，因政治和权力而著名的宋氏三姐妹，经常被人们相提并论。

"张氏四姐妹"无论是她们自己，还是她们的夫婿，都是纯粹的文化人，绝不与政治和权力沾一点边。

事实上，她们系出名门，她们的曾祖父是清朝末年的淮军将领张树声，张树声后来官至江苏巡抚、贵州巡抚、两江总督兼通商事务大臣、两广总督、直隶总督，张家是安徽合肥的几大名门望族之一。

说起张树声，历史毕竟有些久远了，今天许多人已经不知道淮军曾经有过这样一位将领，也不知道清朝曾经有过这样一位总督大人。但是，许多人应当都知道李鸿章，当年，准确地说是1882年，直隶总督李鸿章的老母亲去世，李鸿章回老家奔丧，接替他的那个人就是张树声。

张家在合肥一带原本就是大户人家，张树声这一辈共有兄弟九人，他在兄弟九个中排行老大。

兄弟九个中的老大，处处以身作则给弟弟们做榜样，能文能武、品德高尚是中国传统文化对国民素质培养提出的要求，中国传统文化以圣贤作为理想人格的典范和人生境界、人生目标的追求，激励人们做完美的、对社会有用的人。张树声在这些方面做得很优秀，他不但武艺高强，而且品格高尚，在学识上也不输他人。清朝的科举考试，成绩名列一等的秀才才能做廪生，成为廪生之后，便有了政府给的廪米津贴。张树声便是清朝道光年间的廪生。

合肥距京城遥远，张树声如果仅仅凭着秀才身份，大概下辈子也不会和朝廷搭上关系。机遇很重要，张树声的机遇便是太平天国运动。

太平天国运动按理说和张树声也没什么干系，他从来没有想过揭竿而起造皇帝的反。但是，太平军在咸丰三年打到了合肥，农民军目的很单纯，就是想过上衣食无忧的生活，最直接的方式就是每到一处先拣有钱的富户抢劫。好不容易过上幸福生活的富人们自发组织地方武装保卫自家的财产，这就是团练。那时候，张树声家属于"入选"的富户。于是，在父亲张荫谷的带领下，张树声兄弟在周公山下的张老圩也召集了一帮人兴办团练。张老圩背山面水，坐北朝南，从山上下来的九条水流绕圩而过，流入龙潭河。这是一个风水秀美的地方，圩内有宽阔的内外壕沟，内壕沟上架着两座石拱桥，对外向西开门，通过大吊桥连通着内外。

张树声很有创意地在圩子大门两旁种了两棵法国梧桐，法国梧桐还未成荫的时候，外面田野中耀眼的金黄油菜花已经连成了片。

张树声本来并没有想成为一介武夫，只因办了团练，便一发不可收。他的团练在朝廷已经挂了号，有需要的时候，朝廷一声令下，他这地方武装岂敢不配合？咸丰十年，曾国藩率领的湘军与太平军的战斗进入白热化状态，朝廷下旨张树声配合曾国藩攻打太平军并守卫芜湖。因为配合作战立了功，这一次官府没有亏待张树声，给了他一个芜湖知府的头衔。

从芜湖知府起步，张树声不断升迁，他的家族也成为在合肥声名显赫、名震一方的官宦之家。张树声本来没想到自己在政治上能走那么远。毕竟青云直上的后果往往是爬得越高，摔得越狠。可他最终也没有摆脱这个定律，给朝廷工作了一辈子，伺候了三任皇上，就因为一个工作失误，到最后落了个革职留任的处分，郁郁寡欢病逝于广州。

从政这碗饭不好吃，每天如履薄冰战战兢兢。张树声到晚年已经意识到了这一点，也意识到中国应当在教育上开放起来，学习西方的先进技术和理念。他在广东时，就倡导兴办一所比较理想的西学馆，只可惜这所学堂刚刚竣工，他就去世了。

张树声一共有三个儿子，大儿子张华奎也从政了一辈子，只是没走到父亲那么高的位置，一辈子当过的最大官就是四川道员。张华奎的正妻没有生育，他便把希望寄托于小妾，但是小妾也没能给他生出儿子，只有一个女儿。身为长子，却不能完成传宗接代的重任，张华奎心里的坎儿怎么也迈不过去。无奈之下，年过四十的张华奎从五叔家的堂弟那里过继了一个儿子，这个孩子便是张氏四姐妹的父亲张冀牖。

张冀牖从小就俊气可爱，张华奎一见到这个孩子就很喜欢。办过继手续那天，张冀牖刚刚出生十八天，凭族裔写立合同是一套庄重的过继程序，程序办完，已经是1889年的秋末，张华奎老来得子，兴奋异常。当时，过继手续上必须要写上孩子的名字，举人出身的张华奎绞尽脑汁为孩子取名绳进。成长期间，又给取了正式名字武龄，名字中对这个孩子寄予了无限希望。张武龄长大后，自己改名叫张冀牖。

人们都说，张冀牖是个有福气的孩子，他是含着金钥匙出生的，过继给张华奎，意味着他将来要继承的是万顷良田、万贯家产。

张冀牖过继不到四个月，张华奎在官场上得到升迁，他奉朝廷之命到四川的川东任道台，那时已经岁末，张华奎带着妻儿家小乘船赶赴四川。

四个月的张冀牖在奶妈的怀抱中，乘上了去四川的大船。

船在江中行，逆水行舟一路风浪，据说行船的巨大声响伤害了刚出生四个月的婴儿张冀牖的耳膜，他一生听力不好就是这个原因造成的。

船行驶到宜昌，正是1889年12月16日，船在宜昌靠岸休整，张华奎也下了船看岸上的风景，顺便给合肥的弟弟写信报平安，信上，他流露出得子之后的喜悦之情："年逾四十始知抱子之乐。"

张华奎是个好官员，也是个好父亲，但却寿命不长，1897年，张华奎48岁便英年早逝，他去世时，张冀牖方才8岁。

祖父张树声和父亲张华奎对于张冀牖来说，一个是家族神话般的传说，一个是童年时代模糊的记忆。张树声是在张冀牖出生前五年去世的，张华奎是在张冀牖刚记事的年岁去世的，他们走仕途的为官之道，张冀牖未曾见识，更没有受到他们的言传身教。

父亲张华奎给他取的名字中有一个武字，大约是希望他长大后沿袭着祖辈靠武功起家的光荣传统，继续走一条文武双全的仕途路线。但张冀牖对武天生没兴致，他倒是喜欢读书，从小就斯文儒雅。张华奎的妻子年近四十才抱养了这么一个儿子，一切都顺着孩子的性子，他既然不喜欢舞刀弄枪，不喜欢看《孙子兵法》之类的兵书，就不强求他，孩子喜欢读什么书就读什么。她要的是让这个孩子健康成长，快快长大成人，然后娶妻生子，续上张家的香火。

张冀牖的成长过程中，无缘再看到祖父和父亲混迹官场的热闹场面。张树声、张华奎逝去后，门前车水马龙的喧嚣骤然淡去。但是，他们积累的家财还在。富庶悠闲衣食无忧的生活环境，适合静静读书，也适合躺在金山银山上吃喝玩乐，张冀牖选择了前者，他读了很多书。通过读书，他开阔了眼界，也接触了当时最新潮的一些思想。

发展教育，兴办西学馆曾经是祖父张树声晚年的理想，到了张冀牖这一代，他少年时代就有着强烈的忧患意识，懂得要靠教育来救国，最大的理想就是办一所学校。从张冀牖青年时代留下的照片可以看到，这是个儒雅俊朗的男子，鼻梁上架着一副金丝眼镜，透着浓浓的文化人气质。

张冀牖十五六岁时，父辈张华奎三兄弟都已经故亡了。张冀牖作为张树声的长孙，最重的责任便是传宗接代。

那时，张华奎三兄弟还没有分家，这是一个大家族，张华奎的妻子是这个家族中的当家人，她盼着儿子长大后娶妻生子，她就可以把家族的担子交到儿子肩上，自己便踏踏实实享清福去了。

1905 年，张冀牖刚 16 岁，就开始有人上门提亲了。

作为张家的长子长孙，张冀牖的亲事马虎不得，新娘子不但要美丽贤惠，还要有掌管大家族家事的能力，这样的女子不好找。

在娶妻问题上，少年张冀牖是没有自主权和发言权的，一切都要听从家族长辈的安排。经过不断地筛选，经过算命先生对男女双方生辰八字看似很认真的推算，他们选中了一个名叫陆英的女孩。

陆英的家在扬州，依照张家在合肥的名望，在当地找一个门当户对的大家闺秀太容易了，不知为什么要到遥远的江苏扬州挑选新娘。据说，陆英的祖籍也是安徽，这桩亲事之所以能成，或许是提亲的亲戚与张家的关系不一般，或许是陆英背后的家族不同寻常，亦或是陆英不是一般的女子，具体原因不得而知。

从年岁上说，陆英比张冀牖大四岁。民国之前，南方一些富裕人家，男小女大的婚姻很普遍，年龄相差大的，甚至会多达十来岁。

这是一桩真正意义上的包办婚姻，张冀牖成亲之前，没见过比自己大四岁的准新娘。虽然那时候照相已经很普遍，但是他有没有见过陆英的照片就不得而知了。这个怀揣着许多梦想的英俊少年无奈地看着自己的婚姻大事被家长摆布操纵着，只能默默安慰自己：长辈们费了那么多心血和心思给自己相来的媳妇，不会差到哪里去，听说那个女孩子也是知书达理识文断字的大家闺秀。温柔富贵、风月繁华的扬州自古就盛产美女。"烟花三月下扬州""春风十里扬州路，卷上珠帘总不如"的诗句便立即从他读过的万卷书中跳出来。张冀牖梦中便总会出现一个娉婷、俊秀的俏佳人，张冀牖不知道与自己定亲的那位女子是不是这种理想爱人。

目　录

第一章　童年篇

娇宠的大小姐张元和 / 3

不安分的二小姐张允和 / 15

从来不哭的三小姐张兆和 / 27

过继出去的四小姐张充和 / 38

姐妹们那点儿事 / 51

第二章　少女篇

父亲创办的乐益女中 / 67

"大夏皇后"张元和 / 80

中国公学的黑白姐妹花 / 92

数学零分被北大录取的小四妹 / 104

第三章　婚恋篇

　　大小姐和昆曲名角的浪漫恋情 / *121*

　　二小姐与同窗的哥哥青梅竹马的情事 / *133*

　　三小姐一字电文订终身 / *144*

　　四小姐大龄女嫁给外国帅哥 / *158*

第四章　生活篇

　　在台湾谢幕的悲剧演员 / *173*

　　生命中最苦难的重庆岁月 / *183*

　　这一生究竟是幸还是不幸 / *193*

　　站在桥上看风景的女人 / *204*

第五章　事业篇

　　活在戏中的大小姐 / *215*

　　优雅温婉的大家闺秀 / *224*

　　独立坚强的贵族气质女子 / *232*

　　古色今香海外情 / *242*

后　记 / *251*

第一章

童年篇

娇宠的大小姐张元和

张氏四姐妹天生丽质，皆因她们有一个貌美如花的妈妈。

陆英正如张冀牖期盼的那样，是一个秀外慧中的大家闺秀。祖上虽然是安徽人，但她是生在扬州长在扬州，是在瘦西湖畔长大的女子，她纤巧的身影婀娜娉婷，眼风中多情的一瞥也带着诗歌的韵脚。已经二十岁了，她还待字闺中，一直没寻到合适的郎君。

那个时代的女子，过了及笄之年就该谈婚论嫁了，她却一直在等待属于她的那个男子。说不着急是假的，陆家早就想给女儿找一个门当户对的好人家。陆英十岁的时候，母亲就开始为女儿准备嫁妆，各种的织品绣品都是江浙一带最为精美的。这些年媒人在陆府进进出出，提亲的也不少，却没有一个让陆家感觉满意的。直到陆英年过二十，又有人来提亲，这次是安徽合肥张家的大少爷张冀牖。

张家祖上的名望以及殷实的家底，再加上张家大少爷洁身自好的人品和儒雅帅气的模样，让陆家顿时眼前一亮。不管陆英小姐愿意不愿意，家中的长辈便替她做了主，和张家定下了这门亲事。

陆英只知道她未来的婆家在合肥，她未来的丈夫比她小四岁，其他的便都是道听途说了。从定亲那天起，她便梦想着她的爱人是像书上写的、唱本里唱的那样的如意郎君。

婚期临近，陆英的心情非常复杂。从扬州到合肥，200多公里的路程，如若嫁的那个人可心还好，如果不合心意，和娘家隔山隔水的，想哭都没处找个贴心的人。

容不得她多想，结婚的日子就到了。

陪伴她的除了送亲送嫁妆的队伍，还有一个职业伴娘。职业伴娘不是由新娘的姐妹担任，新娘的姐妹也是大家闺秀，在那个年月是不适宜随便抛头露面的，此类伴娘是与媒婆差不多的一类女子。

庞大的送亲队伍水路陆路兼行，从长江到运河，新娘子带着嫁妆一起走过千山万水，来到陌生的安徽合肥。

据说，1906年举行婚礼那天，送嫁妆的队伍浩浩荡荡在合肥城里绵延了十条街，壮观到令人惊叹。那些嫁妆在当时都是货真价实的奢侈品，金银珠宝，家居日常，细致到连杯子垫之类的小物件都备齐了，物品之精致连富甲一方的张家都感觉开了眼。

嫁妆的高档华贵，让男方心里有些忐忑。一般来讲，如果女儿的品相差些，娘家便会多陪送些好的嫁妆，以此来让夫家心理上取得平衡，以后不会因为自家的女儿长得丑来难为她。莫非，娶来的是个容颜很差的丑媳妇？

揭盖头的一刹那，在场的所有人都屏住呼吸，好奇红盖头下是个什么样的女子。

盖头被掀起一角，然后慢慢揭去，盖头下的女子让大家着实惊艳了。这女子的美是他们这一带的人没见过的，白皙粉嫩，鼻梁笔挺，柳眉弯弯，双瞳剪水。她有一双典型的丹凤眼，俏俏的，令人过目不忘。

陆英只听到外面一阵感叹声："化的了！"后来，懂了合肥话，她才知道，这句合肥方言"化的了"的意思就是在夸她长得很漂亮。

接亲的人群中有一些年长的女人们，纵使她们有过丰富的人生阅历，但新娘子陆英站在面前，还是让她们恍若见到了仙女。可仙女在这世俗人间哪留得住？张冀牖的姨妈心里便不禁暗自嘀咕：大少爷娶来的娘子太美了，这样美若天仙的女子恐怕不能长久，只怕是留不住。合肥这边有个说法，说如果女子长得太美了，那往往就留不住，就不会长寿。

16 年后，不幸被她言中，陆英留下四女五男九个孩子，眼看孩子们就要长大了，她却英年早逝，这是后话。

　　蒙着盖头的陆英在盖头被揭开的一刹那，眼睛受到日光的刺激，不由一阵晕眩。她用一双美丽的眼睛水汪汪地看着闹闹哄哄的人群，其实那一瞬间她什么都没看清，耳边嘈杂的合肥话在她听来也是那般陌生。

　　嫁到这里，一切都要重新开始，包括第一次映入眼帘的这个带着一脸稚气的小丈夫。陆英深深地看了他一眼，他也正看她，四目相对，两个人都觉得有些害羞，都迅速避开了对方的目光，但是心中都在暗想：这是自己梦中的那个人。

　　张冀牖和陆英的感情很好，他们一辈子相敬如宾。

　　婚后的第二年初夏，陆英有了身孕。十八岁的张冀牖自己还是个没有完全长大的孩子，却马上要做父亲了。那天他请来合肥城里最好的郎中给陆英号完脉，郎中告知少奶奶有喜了。张冀牖便激动得有些不知所措，那一夜他基本没睡着，反倒是陆英睡得分外香甜。

　　张冀牖虽然年少，但也知道在生儿育女上自己身上的担子有多重。全家从上到下都盼着第一胎他们能生出个延续香火的儿子，对于他和新娶进门的妻子来说，这是件很有压力的事情。他只能默默祈祷肚子里怀的这个小胎儿是个男孩。

　　如果说有压力，陆英的压力一点也不比张冀牖小，但她是个有心事能放到肚子里的知性女子，嘴上从来不说。她心疼丈夫，不能给他增添一丝一毫的心理负担。她对张冀牖的感情，不仅仅是爱，还有疼爱，她沉溺于自己这种姐弟恋爱情中，心甘情愿照顾他，心甘情愿为自己的所爱付出。从嫁给他的那天起，她就开始包容他，生活中遇上任何烦心的事都不向他倾诉，从不因为自己的事情让他分心。

小生命已经出现，不论是男孩还是女孩，都必须好好呵护。当然，陆英的心里也盼着是个小少爷。

到了1907年岁末，经过十月怀胎，他们的第一个孩子在合肥龙门巷出生了。

对我们来说，已经毫无悬念地知道这一胎是千金。不过，彼时彼刻，对于张冀牗和陆英这对年轻的父母来讲，第一胎是个女孩，还是让他们多少有些失落。他们心中都曾经闪过这样一个念头：倘若这个孩子是男丁，该是怎样的皆大欢喜。

张家的大老太——张冀牗的母亲却没有表现出任何不高兴，她自己没有生下一男半女，过继了张冀牗这个儿子，是为了传宗接代，男丁对他们张家固然重要，不过，生个健健康康的女孩也不错。这些年，她就盼着当祖母呢，眼看着和自己岁数差不多的女人都抱上了孙儿孙女，她已经五十大几了，心里也着急。

陆英生下的这个女孩长得漂亮可爱，祖母抱在怀里，脸上绽放着慈祥的微笑。她轻声念叨着："男孩子好，女孩子也好。"

给孩子取名字的事自然落到了刚刚晋升为父亲的张冀牗的头上，他读了那么多书，给孩子取个称心的好名字不成问题。

张冀牗认真思考之后，给孩子取名叫张元和。元者，第一也，一般来讲取元字做名字，意即赤蕙之首。张冀牖给自己的第一个女儿取了个元字，以元起始，冥冥之中，意味着他还会有更多的女儿。

虽然是个女孩，但作为张家的大小姐，张元和照样受到了娇宠。最娇宠她的是她的祖母。周岁之前她跟着父母住，后来妈妈陆英又怀孕了，没奶吃了，家中便给她雇了个奶妈，断了母乳的张元和便经常到二楼祖母那里去。

张家是大户人家，给孩子雇保姆也非常讲究，这些保姆分工明确，除了负责哺乳的奶妈，还有负责带孩子和教育孩子的保姆。负责哺乳的奶妈只管喂奶，负责看管孩子的保姆则不哺乳，干带孩子（"干"是"只"的意思）。所以，在合肥方言中，管这种不哺乳干带孩子的保姆叫干干。

家中给张元和雇来的保姆姓万，所以就称呼她为"万干干"。

万干干是合肥本地人，长方脸，皮肤白皙光洁，牙齿洁白整齐。她是那种有些内秀的女人，质朴而和善，从来不多言多语。

张元和从幼儿时期就跟着万干干，她和这个保姆的感情很深。万干干说合肥方言，这种方言在民国女作家张爱玲的小说中出现过，张爱玲说，"合肥话拖长的'啊'字，卷入口腔上部，掺入咽喉深处粗粝的吼声，从半开的齿缝里迸出来"。这种方言古怪而奇特，张元和学说话的时候就是由万干干带着，所以，她最早的母语就是合肥方言。

元和两周岁的时候，妹妹允和就出生了，妈妈的心思和精力都要放到更小的孩子身上，根本就顾不上大女儿。童年时代，孩子们最亲近的人并不是母亲，反而是那些做保姆的干干们。

张家的每一个孩子都有一个专职干干，也就是说，每一个干干负责着一个孩子。

在万干干那里，或称呼元和大毛姐，或叫小大姐。偶尔也会叫她侠子，侠子就是合肥话里的孩子。

张家管女孩叫作大毛、二毛、三毛……元和便是领头的大毛姐。

万干干对元和像对自己的孩子一样，渗透着浓浓的亲情。不过，她们毕竟是主仆之间的关系，小孩童稚的眼睛中也能看懂这些，特别是像张元和这样天生聪明的孩子。她从小就知道，天天带着自己玩、照顾自己的这个女人和自己的妈妈不一样，这只是照顾自己的人，不是自己这个大家族的一员。

祖母最疼爱的孩子是元和，她总是在暗中监视着保姆，怕她们委屈自己的孙女，有时候会明确说出来："把小大姐照顾好，别让她磕着碰着。"

万干干用地地道道的合肥话说："晓凳了。"（就是知道了。）

万干干"晓凳了"要照顾好大小姐、看好大小姐是她的本职工作，也是她的饭碗，她和看管其他几个孩子的保姆一样，都很尽心尽力。元和是她从小带大的，元和的脾性她最清楚。这是个在许多人的宠爱下有些娇气、有些大小姐脾气的女孩，但是这个孩子骨子里是善良的，知道照顾自己的干干是家里雇来的下人，对待干干这样的下人，很少耍大小姐脾气。

张元和与万干干之间有一种天然的默契，这是长时间在一起相处磨合出来的。小女孩元和懂得万干干，万干干则通过这个小孩的一个眼神、一个表情就知道她想要做什么。

那个时代保姆带孩子，没有太多的游戏项目，更多的时候，就是做最原始最简单的游戏。

最简单的游戏，就是玩打手背，这是民间非常古老的一种游戏。

会玩这个游戏的时候，元和已经四五岁了，已经有了二妹允和、三妹兆和。每个小姐都有自己的专职保姆，这些孩子和保姆经常会聚到一起玩耍，她们喜欢在一起的热闹劲儿。

保姆们虽然会带着孩子聚到一起，但是很多时候，每个孩子有她们各自的玩耍项目，孩子们相差一两岁或两三岁，还玩不到一起。

一个妹妹刚会蹒跚走路，另一个还坐不稳当，元和已经可以和自己的保姆万干干并排坐在床沿上，乖乖地学说歌谣，学玩游戏了。

上午的时光过得比下午要缓慢，一般来讲，孩子们午后要睡上一大觉，等她们醒来，日头便已经有些偏西了，一下午很快就过去了。早上孩子们醒得早，整个上午冗长缓慢，儿歌说完了，故事讲完了，才刚刚半上午，日头依然懒洋洋地停在东南方的天空，于是，大人孩子都有些慵懒了。

元和与万干干默默坐在床沿上，元和的两条小腿半垂在空中悠闲地摇晃着，她轻轻拍打了一下万干干的手背，这是她们经常玩的打手背游戏。

万干干反过手也轻轻拍打一下元和的手背。她们就这样你一下，我一下，来回拍打着，两个人默默无语就这样你来我往。拍打了无数个回合之后，元和看不到输赢，她大约觉得，万干干是大人，应当让着自己，但是，看来她并没有谦让的意思，元和的大小姐脾气便上来了。她顺着床沿溜下地，满脸委屈地嘟囔着："我上楼告诉大奶奶。"说完就走出那个房间，顺着楼梯向上走去。

她小小的身影消失在楼梯口，带兆和的朱干干见万干干坐在那里不急不慌的样子，以为她被孩子突然的举动弄懵了，便提醒她："奶大姐，大毛姐去告诉大老太了，她是大老太的眼珠子，你想想大老太知道这件事的后果，你一定会挨骂的，还不快去拦下她。"

万干干从容地浅笑着，轻声对朱干干说："放心吧，大毛姐的性格我了解，她不会去告诉大老太。"

万干干的自信让朱干干将信将疑，她抱着兆和轻手轻脚地走上楼梯，果然元和在转弯处站着，她静静地站在楼梯拐弯处的阴影里，默默地垂着头，虽然阴沉着小脸不高兴，但并没有去祖母的房间。

朱干干又轻轻退回来，笑着说："奶大姐真是了解大毛姐，她果然没去找大老太，就在楼梯拐弯的地方站着呢，看样子气还没消。"

万干干一边说："我就晓得她不会告状的。"一边赶紧去找还在气头上的元和，她需要去安慰她把她哄好，如果没人给她顺气，这个大小姐的脾气会发好半天。

心里无论有多大委屈，也不告状，宁肯自己找个没人的地方悄悄落泪，也不把心里的苦闷和幽怨向别人倾诉，这是元和一贯的性格。大家闺秀的矜持和高贵是融进骨子里的，张家的女儿都是有贤德有才情的贤淑女子，她们不会轻易向谁低头，也不会随意去诋毁谁。

在张家，孩子们的保姆，会一直陪伴着他们成长。万干干也曾跟随张家迁徙到上海，只是到上海不久，她在安徽的家中有事需她请假回家，却染病死在家中。万干干的突然离去，让重感情的元和很是伤心落寞了一段时间。其实那年元和才六七岁，六七岁的小女孩还不太懂得"死"这个概念，也不相信人会死。万干干不再回来了，她便以为她去了很远的地方，只是暂时离开了，过一段时间还会回来呢。

那段时间元和总是很无助，她吃奶一直吃到了五周岁半，刚离开乳母没多久，现在万干干也不在了，身边最亲近、最熟悉的人，一一离她而去。妈妈此时是顾不上她的，她自从嫁到张家，就没有荒废和虚度过光阴，一刻不停地在孕育孩子，往往是大孩子送到乳母和保姆那里去了，马上又有小孩子出生。那段时间，元和有些哀伤。所幸，她还有宠爱自己的祖母，祖母让她搬到了二楼和自己同住。在所有的孩子中，她是祖母最喜欢最疼爱的，她有各种新奇的玩具，她的玩具比任何一个弟弟妹妹都多，别的孩子好像一生下来就习惯了她的受宠，没有人敢和她攀比争宠。

很快，元和又有了新的保姆，这个保姆是陈干干。

和温柔细致的万干干不同的是，陈干干做事爽快麻利，勤快的手中永远有做不完的事，实在无事可做的时候，她也会整理被孩子弄乱的玩具，捡拾孩子们丢在地上的纸屑和各种细碎的垃圾，连吃饭她都比别人麻利得多，别人还在细嚼慢咽刚刚吃下一点点时，陈干干的一碗饭就吃完了。

陈干干非常敬业，张家的大小姐交给她照顾，她尽职尽责，除了生活上照顾得很周到，学业上也督促到位。她知道，这种大家闺秀仅仅明事理懂生活是不够的，她们还得有才学。

那时候，这一家人已经从合肥搬到了上海。

从合肥到上海，是元和童年岁月中记忆最深刻的一件事，那时候她已经五岁了。她清晰地记得，那年初冬，他们一家突然离开合肥，离开龙门巷，在北边的九狮河坐上船。过去作为千金大小姐的她很少坐这样的船，所以很新奇。小船摇啊摇，摇过了县桥，摇过十字街鼓楼桥，又摇过横街明教寺前的九狮桥，顺着水路摇到了南淝河，然后一大家子乘上了小火轮——从来没有坐过小火轮的元和与三岁的二妹允和、两岁的三妹兆和都兴奋得眼睛发亮。小火轮带着他们经过巢湖和芜湖，最后他们换乘大火轮来到繁华的大上海。

五岁的孩子眼睛中的一切都是新奇的，她不知道那一年辛亥革命爆发了，他们的父亲担心革命"革"到自己头上，他只是一介书生，没有祖父当年的能力和气魄，便带着一家老小悄然出走。

在上海生活了几年，元和到了上学的年纪，按照祖母的规定，张家的女孩是大家闺秀，应当大门不出二门不迈，她不主张女孩们到外面的学校上学。元和小的时候是跟着妈妈读书识字。陆英忙着生孩子，忙着料理家中的事情，但是有两件事情无论多忙都坚持要做，一个是教孩子们识字，另一个是到大戏院听昆曲——而且还经常带着女儿们和她们的干干一起去。这种启蒙很重要，张家女儿的才学和对昆曲的喜爱都源自幼年时代妈妈的引导和开发。

孩子大一些了，必须要读书了，家中便请来私塾先生，让元和在家里学习。

在家里所学的知识很不系统，张冀牖碍于面子不好反驳母亲，便从外面给女儿请最好的老师，教她《三字经》《龙文鞭影》《唐诗三百首》等，除了这些，还有写小楷课程。陈干干对大小姐尽职尽责，她知道，如果在学业上督促不到位，大老太是不会说什么的，因为老太太没什么文化，不懂得这方面的事情，但是张冀牖和陆英会不高兴，他们意在把女儿培养成有才学的大家闺秀。

于是，元和便在自家的房间里开始了她最初的读书生涯。

张家私塾的学生先是元和一人，后来增添了二妹允和，再后来又增添了三妹兆和。有了妹妹们的陪伴，她的书读得更加认真了，她是大姐，必须给妹妹们做出榜样。

元和的学习不用父母和陈干干着急，这孩子好像天生喜欢读书，她喜欢读书与父亲喜欢买书有关系，家中几乎到处都是书。长大后，允和回忆在上海的童年时光时，曾经意味深长地说："父亲最喜欢书，记得小时候在上海，父亲去四马路买书，从第一家书店买的书丢在第二家书店，从第二家买的书丢在第三家书店……这样一家家下去，最后让男仆再一家家把书捡回来，我们住的饭店的房间中到处堆满了书。"

在书堆中长大的孩子，浸染着一身书香。这些女孩只要一走进书的世界，就变得非常安静。这个时候，整个张家都是静悄悄的。

小姐们在读书，谁都不能打扰她们，这是张家上下不成文的规矩。

不安分的二小姐张允和

在生完大小姐元和之后，陆英又先后怀了两胎，但都不幸夭亡。

1908 年深秋，得知她再次怀孕之后，所有的亲朋好友都期盼这一次她能保住胎儿，且生个男丁。

即使没有传宗接代这种很陈腐很落俗套的观念，从概率上来说，人们也觉得，这一次张家该生个儿子了。

从秋到冬，从冬到春，陆英的肚子日渐隆起，随着春暖花开，肚子成长的速度也开始加快。本来预产期是夏末，刚进农历六月初，掐指算来还不到孩子出生的日子，可是初八晚上，陆英的肚子就出现了一阵紧似一阵的阵痛。

这才刚刚怀孕七个月，看来孩子要早产了。这个不安分的孩子还没到该出生的时候，便误打误撞急匆匆要来到人世间。

婆婆闻讯立即赶过来，让下人速速去请接生婆。

那天出奇地热，虽然已是深夜，却依然没有一丝凉意。燥热中，陆英大汗淋漓地躺在床上，正在经受生产的折磨。

初九凌晨丑时，孩子终于生下来了——是个瘦弱的女孩，皮肤皱巴巴的，接生婆托在手上轻飘飘的，体重还不满四斤！最让人揪心的是，这个孩子脐带绕颈，一生下来，脐带在她的小细脖子上一圈一圈地缠绕着，足足有三圈！因为脐带缠绕得太紧，她已经近乎窒息，小脸儿憋得青紫。

小女婴紧闭着眼睛，尽管接生婆已经把脐带从她细细的脖子上小心翼翼地解下来，她还是一声不吭。从生下来她就没有哭过，接生婆们惯用的招数都用过了，可这个孩子还是没有一丝动静。

孩子的祖母已经顾不上为这个孩子是男是女而高兴或者失落，当下最要紧的是救活这个孩子。老太太一辈子没有生育，对每一个小生命都比围在产妇周围的其他女人要在乎得多。她下定决心，一定要救活这个孩子。

　　她让产房中围着小女婴一筹莫展的女人们用冷水、热水交替浇在婴儿的背部和胸部。这似乎也不奏效，对这个比猫仔大不了多少的女婴，那帮女人们把能使的绝招都试遍了，用任何一种办法时，她们都期盼奇迹立即出现。然而，这个皱巴巴的小女婴一直保持缄默。已经抢救了七个钟头，从漆黑的深夜，到微亮的黎明，而现在，太阳正明晃晃地挂在空中。

　　有人提议，要不试试最新式的人工呼吸？接生婆便对着她小小的嘴巴试着做了一番，没用，这孩子还是不哭也不动。三斤多的小孩子，在接生婆手里托了几个钟头，接生婆的手也被压酸了，她把婴儿从手里放进了她扎花布的围裙里。大家看着躺在围裙中那个不知是否还能活过来的小生命一筹莫展，没人敢说放弃，老太太一心一意要救活这个孩子，谁敢说一声放弃，她定会咆哮起来。其实大家心中的想法是一致的，这个女婴救不活了，若是搁在别人家，早就扔到垃圾堆里了。

　　"别愣着，快想办法呀！"祖母的声音是焦虑的，焦虑中带着哀求，她从来不哀求任何人，这一次是一生中少有的例外。

　　一个平日里总抽水烟的圆脸胖女人凑到老太太的耳边，怯怯地说："听说把水烟喷到小孩子脸上，能让不会哭的小孩子活过来。"

　　老太太一听："赶紧试试，快去找水烟袋啊。"

　　不知哪个女人从哪个屋里取来了水烟袋，不知是哪个女人取来了屋里最好的皮丝烟，有的女人手忙脚乱地搓起纸捻，一切准备妥当了，屋里所有的人把目光集中到提议用喷烟的方式救女婴的那个胖女人身上。

喜欢抽水烟的胖女人被一屋子期盼的、质疑的目光包围着，心里是忐忑的，她这次铆足了劲，抽一口，便把烟喷到女婴的脸上。烟雾缭绕中，女婴的脸色没有任何变化，眼睛还是闭得紧紧的。大家一起鼓励她："别停下来，继续。"

再抽，再喷，足足喷了 100 袋烟，那个孩子还是一动不动！倒是抽水烟的女人累得瘫倒在地，浑身是汗，几乎虚脱了。

陆英生完孩子，因为不知孩子的死活，心里一直牵挂着，什么都吃不进去。仆妇们左劝右说，才总算是吃进了一点东西。天已经快中午了，听说孩子还是没有哭声，没有动静，她心里很难过，默默流着眼泪。

张冀牖从妻子开始阵痛起，便坐立不安，不时过来探视。刚出生的孩子一直濒临死亡，他的心情非常沉重，作为一个男人，又不能表现出来，只能悄悄地过来探听讯息，然后又默默离开。

所有的人这一次彻底失望了，接生婆大概觉得这个孩子已经无望了，便把围裙里的女婴不经意地抖落到脚盆里。

老祖母的眼神中还闪着一丝希望之光，她对那帮疲惫不堪的女人们说："休息一会儿，再试试别的办法。"并把目光转向抽水烟的胖女人："劳驾你再喷最后 8 袋烟，凑够 108 袋，如果这个孩子还是醒不过来，那就是命了。"

她信佛，手中捻得锃亮的佛珠是 108 颗，所以，在她心目中，108 这个数字便是功德圆满。功德圆满了，该做的都做到了，这孩子如果还是这样，那就只能怪这个孩子命不好。

抽水烟的胖女人心里已经有些不情愿了，或许，她都后悔自己给老太太出了这个馊主意，把自己累得半死不说，还牵连着围在身边的一群女人们跟着受罪。天色已经过了中午，她们从昨天晚上到这会儿水米未进，一个个脸色蜡黄，早就失去了耐心，脸上还不能表现出来。老太太也和她们一样，从昨夜就没喝过一口水，可她的精气神比她们哪一个都足。

与前面的 100 袋烟相比，8 袋烟要轻松多了，胖女人已经不当真了，也不相信自己的馊主意了，所以这 8 袋烟喷得很不精心，象征性地就喷完了。

喷完之后，像是完成了一个最后的告别仪式。大家的心都轻松下来，反正这女婴已经死了，她们该做的都做了，下一步便是把死婴交给家中的男仆埋掉。天气闷热难当，她们已经支撑不住了，之后可以赶紧回去填饱饥肠辘辘的肚子，然后洗个澡，换下这身被一遍遍汗水湿透的衣衫。

老祖母心情沉重地半蹲下身子，她的背是驼的，不用蹲便能看到脚盆中的小孩子，之所以蹲下，她是想再仔仔细细看看这个孩子，毕竟她到这个世上走了一遭，尽管只有一天。

细看时，她看到脚盆里婴儿的手脚居然在动。

她老眼昏花，以为自己看错了，便让其他女人来看："快看看，孩子的手脚是不是在动？"

大家也以为老太太花了眼，碍于面子礼节性地凑过来。

确实在动，先是微微地蠕动，之后的动作幅度越来越大。

接生婆慌忙从脚盆中抱起孩子，把她继续用花布围裙包起来。这是她做接生婆以来，见过的生命力最强大的一个婴儿。

女婴活了，奇迹般地活了。

抽水烟的胖女人忘记了刚才的劳累，咧开抽烟抽得有些麻木的嘴，由衷地笑出了声。

"谢天谢地，这个孩子命不该绝，大难不死必有后福，她肯定是个有福气的孩子。"老祖母双手合十，对天祈祷。

"轰"的一声响雷，这雷声已经憋了一上午了，终于炸响了，响声惊天动地，大约吓到了小女婴，她"哇"地哭出了声。

哭声在张家大院回荡，在龙门巷回荡。听到婴儿的哭声，张冀牖一路小跑过来，一脸的惊喜。陆英则喜极而泣，自言自语念叨着："她活了。"

她活了！她不过是和大家开了一个玩笑，与死神擦肩而过，她又回到了人世间。

这个瘦小的女婴回到母亲怀抱中，陆英爱抚着得之不易的二女儿，轻声对丈夫说："给孩子取个名字吧。"

张冀牖给刚出生的二小姐取的名字是张允和。当初大女儿元和出生的时候，取的那个"元"字，是第一、起始的意思，因为那是他的第一个孩子。现在二女儿出生了，他要好好规划孩子的名字了，他冥思苦想，最终决定，只要是女儿，就让她们的名字长上"两条腿"，女孩子长大之后是要嫁人的，都要离开这个家，所以这个刚出生的二女儿取名"允"字。他没想到后来又生了两个女儿，于是这四个女儿的名字便是元和、允和、兆和、充和，名字里都带有"两条腿"。如果生了儿子，便不能长腿离开家了，他们将来要守着祖业，名字里都加上一个"宝盖头"。后来，陆英给他生了五个儿子，陆英死后，他续娶的妻子又生了一个儿子，这六个儿子的名字便分别取了宗和、寅和、定和、宇和、寰和、宁和，他们都安坐在屋檐下，是要留在家里的。

允和出生四个月后，陆英便又怀孕了。家中便雇来了奶妈——一个有着乌黑闪亮的大眼睛的俊俏少妇。这个少妇的孩子比张允和大一些，听说张家大院招一名奶妈，便过来应试。那两天来这里应试的女人有好几个，这个女人因为年轻，身体健康，且长得比另外几位好看些，便被留下来。作为大家闺秀的奶妈，长相也很重要，民间自古就有"吃了谁的奶将来长得像谁"的说法，若招来一个丑奶妈，把小姐带丑了，岂不遗憾终生？

张家的奶妈工资优厚，为了这份薪酬很高的工作，奶妈硬是给自己的孩子断了奶，让婆婆看管着，自己走进了张家大院。

因为总在半饥饿状态，在奶妈来这里之前，二小姐总是哭闹，在被奶妈抱进怀里饱饱地吃上了一顿后，二小姐很享受这种幸福和满足，香甜地在奶妈怀里像一只乖巧的猫咪般睡着了。奶妈一下子就喜欢上这个孩子，紧紧地把她搂在怀里，眼睛充满母性的温柔和慈爱。她用柔情的目光轻轻抚摸着女婴精致的小鼻子、小脸蛋，或许，她又想起了自己弃在家中的孩子，因为她奶水好，那个孩子比怀里的孩子身量要大许多。她想，吃上自己的奶水，过不了几个月，这个孩子也会很快长大。

允和还差两个月就满两周岁的时候，家中突然要从合肥搬到上海去了。这样的大事在不到两周岁的小孩子心目中，只是一个好奇的游戏，坐上各式各样的船，从一个城市辗转到另外一个城市。正是南方的人间四月天，一路上的景色都是最美的，允和还不懂得看美景，也不知道这次搬家意味着什么。奶妈也随着张家一起踏上北上的旅程，只要有奶妈陪着，睡在奶妈温暖的怀抱中，别的就都与这个婴儿无关，她饿了便吃，困了便睡，不高兴了便哭。

她是个爱哭的女孩，时常莫名其妙就会哭上一场，特别是黎明前，伴着星月，她尖厉的哭声很有穿透力，那段时间，家中的早晨都是被她哭醒的。客船上，没人能阻拦她凌晨的哭声。哭声伴着潺潺江水的流动，伴着船桨的划水声，撕破飘着柔曼轻雾的宁静春夜，响彻在江河湖面，越发让一船的人心中生出远离故乡的离愁别绪。

人们对她格外宽容和谅解，或许因为她出生的时候活下来不易。只要她一哭，人们便说：二小姐刚生下来的时候十个钟头一声不吭，她这是要补上那一场哭，所以得痛痛快快哭个够。

到了上海，住进麦根路买根里，也就是今天的静安区康定东路一带。这条马路注定会不寻常，张冀牖的女儿们包括后来出生在这个地方的四女儿张充和，都是绝代美女才女。还有一位民国才女，在他们搬到麦根路九年之后的1920年，也出生在这条马路一座清末民初仿西式的大宅中，那便是合肥人李鸿章的曾外孙女张爱玲。因为走出过她们，今天的静安区康定东路便显得多了一些与众不同的历史文化的厚重感。

刚刚学会了一口浓重的合肥方言的二小姐张允和，跌跌撞撞在上海的新家跑来跑去，她喜欢跑，迈开两条细细的小腿，便不会稳稳当当走路，用她自己的话说："母亲怀胎七月，我就急匆匆来到了人世，先天不足，身体一直不好，天生就是急性子，手急、眼快、腿勤、话多。"

她爱说爱动，虽然个头小，瘦瘦弱弱的，却比男孩子还淘气。

只有夜晚躺在床上听着奶妈讲故事的时候，她才能安静下来。

暑往寒来，转眼间，张家到上海已经一年半了。

在这里，适应得最慢的是祖母。她活到了70岁，虽然也曾经随着外出做官的丈夫到异乡生活过，但终究和这种背井离乡的生活不一样。那时候，她是官太太。可在上海不同了，她不过就是一个旅居在这里的有钱人，像这样的有钱人在上

海多如牛毛，她根本不算什么，她的合肥方言没几个人能
听懂。

　　适应得最快的是孩子们的母亲陆英，她本来就是扬州人，
她的家乡离上海不过 300 公里。扬州瓜州边的长江蜿蜒东去，
流到上海，同饮一江水，陆英对上海有着一种莫名的亲切感，
到了上海，便有了回到娘家的感觉。适应得比较快的就是孩
子们了，她们跟着母亲、奶妈和干干经常外出，渐渐也学会
了一些上海话。于是，这些小孩子掌握了两种方言，说话的
时候，能够随意地在两种方言之间转换。

　　奶妈晚上讲故事就用合肥方言，孩子们听得津津有味。

　　除夕的夜晚也不例外，那一夜，在楼上的小绣房里，奶
妈讲的故事是《老鼠嫁女》。按照合肥民间的传说，除夕之
夜，是老鼠嫁女儿的时日。其实，《老鼠嫁女》的故事是一个
古老的汉族民间传说，在中国很多地方都很流行，只是嫁女
的日子不太一样，有的是在正月初七举行的祀鼠活动，有的
在正月二十五，也有在正月初十的，上海郊区老鼠嫁女的日
子是在正月十六。张家不是上海人，当然不会采纳上海的说
法，只是不知为什么合肥选择了让老鼠除夕之夜给女儿举行
婚礼，或许是觉得年三十夜把老鼠这种害人精嫁出去，就能
确保来年平安吉祥吧。

　　张家搬到上海后，房间或许不是很宽裕，所以，三岁半
的二小姐允和与两岁多点的三小姐兆和是住在一起的。在一
个绣房内，两个奶妈照看两个孩子，故事由两个奶妈轮流讲，

两个小姐一起听。

《老鼠嫁女》的故事是奶妈烂熟于心的，她们小时候，就是听着这个故事长大的，讲这个故事不用备课，随口就能熟练地娓娓道来。

故事中，嫁女的仪仗队打着小旗小伞，敲着小锣小鼓，送亲的队伍抬着几十箱子的嫁妆，老鼠新郎那时候在故事中已经变成了时尚的民国装束，穿马褂骑白马；花轿里的老鼠新娘却是传统的人间新娘打扮，凤冠霞帔，大红盖头。

说是民间神话故事，其实纯粹是一个童话故事，这个故事哄三五岁的孩子还是很有效果的，再大一些的就不信这个故事了。允和与兆和正是喜欢这个故事的年龄，她们听得津津有味，不但听得上了瘾，还把故事当真了，允和问奶娘："我们今天晚上能看到老鼠的婚礼吗？"

奶娘哄她们说："你们先睡觉，睡醒一觉就能看到了。"

两个小孩子却都不睡了，等着看老鼠嫁女的场面。无奈，奶娘只好去楼下置办给老鼠女儿的礼物。孩子们说："老鼠女儿如果来到这里是要收礼的，没有礼物怎么行？"礼物就是楼下除夕夜家宴上吃剩下的花生、瓜子、糖果和一些糕饼，过年用的红绒花也被奶娘拿来了几个，插在糕饼上。

孩子们说："这些礼物要放到柜橱顶上，老鼠娶亲的线路是很隐蔽的，它们一般从柜顶等地方经过。"于是，允和的奶妈搬了凳子，把那些东西放到了她们房间的柜子顶上。

兆和毕竟小一些，一会儿就熬不住了，迷迷糊糊睡去了。

允和强睁着眼睛坚持着，等着看老鼠拜堂，等到了大半夜，还没有任何动静，她实在困极了，不知道什么时候也睡去了。

第二天醒来，已经是大年初一了，这对小姐妹又长大了一岁。年节的气氛非常热烈，她们穿上新衣，戴上新帽，早忘记了老鼠娶亲的事。

待到过年那几天快乐的气氛慢慢淡去，允和猛然想起柜顶上给老鼠新娘准备的礼品，她好奇那些礼品是不是被娶亲的队伍取走了，便闹着让奶娘看看柜顶上还有没有礼品。

奶娘拗不过二小姐，便搬了凳子上去，当然，不用看，东西肯定好好地还在那儿。可是她脚下不稳，在凳子上没站好，不留神摔了下来，把腿脚摔断了。

奶妈摔下来的刹那，房间里所有的人都傻傻地站在那里。兆和的奶妈去扶时，才发现允和的奶妈倒在地上，眼泪都流出来了，看来伤得不轻。允和不敢再提礼品是不是被取走的事情了，她像是个犯了错的孩子，手足无措地愣在一边，哭都不敢哭。摔断了腿脚的奶妈被送回老家合肥养伤，之后再也没回来。

这件事，成为允和一生不能饶恕自己的一个痛，到了晚年，忆起那个摔断腿的奶妈，她还会为自己童年时代的荒唐而自责。其实那时候她不过是个三岁半的孩子，还不懂事，淘气在所难免。

大姐元和到了上小学的年纪，家里请来了私塾先生，从此，允和也开始跟着老师读书了。

淘气的允和读书的时候却是安安静静的，安静下来的时候，这个纤瘦的小女孩是灵秀斯文的，十足的大家闺秀范儿。家里的人们便说："看到没，咱家的大二姐天生是读书的材料，不管怎样淘气，只要捧起书本就有模有样的。"

从来不哭的三小姐张兆和

1910 年夏末秋初，合肥的龙门巷张府，少奶奶陆英又生下一个孩子。

又是一个女儿！连着生了三个女儿，连陆英都对自己没有信心了。她泪眼涟涟地看着这个小人儿，看着接生婆把她包裹严实，心中却是无限失落：为什么又是女儿？

这个女儿长得和两个姐姐不一样，元和与允和都比较瘦弱白皙，这个女儿皮肤黑黝黝的，生下来就很壮。她从小就不爱哭，不像二姐张允和动不动就哭鼻子。或许她知道自己很多余，在襁褓里就总是安安静静的。

张冀牖大约已经习惯了妻子不断给他增添女丁，听说生下的又是个女孩，他既不哀叹也不欣喜，而是面色平静地立即给这个三小姐取了个好听的名字"兆和"，这个女孩的名字和前面的两个姐姐一样，也长了两条修长的"腿"。

兆和出生后几个月，便跟随父母从合肥来到上海。在张家的迁徙队伍中，兆和是年龄最小的一个成员。

兆和虽然算是合肥人，却并没有真正在合肥生活过几天，她是在上海和苏州长大的。不过，她长大后，也和姐姐妹妹一样说一口纯正的合肥话，皆因为自己的奶妈和保姆都是货真价实的合肥人。

在张家府上，没有人因为兆和是女孩而嫌弃她，但是，也没有人像喜欢大小姐张元和、娇惯二小姐张允和那样，在乎这个看似多余的三小姐。她在大家的忽略中悄悄成长着。

不知从哪天起，胖嘟嘟的三小姐学会走路了。

上海早秋的柔风中，她在庭院中步履蹒跚，却坚定有力。不用奶妈或者保姆扶着，这个从小就充满个性的小女孩喜欢自己走，她的要强是与生俱来的。刚刚学步，经常会跌倒，她却一声不哭，跌倒了爬起来再接着走，这性格有些像男孩子。

天性要强的孩子总是不如会撒娇的孩子那样受家长重视。二姐允和比她会撒娇，会使用哭闹这个杀手铜，兆和历来不屑于用或者根本就不会用。有时候，遇上二姐哭起来哄不好的时候，兆和还会和大人们一起哄这个小姐姐。在她心目中，这个小姐姐天生就是需要人们来哄的，自己和她不一样。

她不屑于和任何人争什么，总是低调地生活在自己的角落里。这个性格伴随了她一生，长大后，成为了著名作家沈从文妻子的张兆和依然是低调的，从来不把聚光灯引到自己这边。

内心坚强性格倔强的小女孩，在外边的时候总会害羞，因为这样的女孩不善于在人前表现自己。兆和恰好就是这样的女孩，她在人们面前总是一副很害羞的样子，她那羞答答的沉静和不服输的坚定，在她的笑脸上定格成一种可爱的小模样，更加惹人爱怜。负责照顾她的保姆朱干干最疼爱她，教她做人用得最多的一句话便是：为人要本分知足。

三小姐很本分，很知足，本分知足的张家三小姐从来不知道什么叫痛苦忧伤，她虽然内向，却很阳光。

张家姐妹中，最淘气的是允和。允和的淘气是大家一致认可的，她淘气完，便会被包容，没人和她较真儿。二小姐出生的时候，那条小命是无数人费心费力救回来的。看到她淘气，大家的目光中不仅仅是包容，还有赞许和纵容，仿佛在自豪地说："看到没，我们救活的这个小孩子还是蛮聪明的"。

兆和也淘气，她的淘气和二姐不是一个类型，她是蔫淘，不声不响一个人做淘气的事。二小姐的淘气是女孩子的淘气，属于文淘；三小姐的淘气则是男孩子般的淘气，属于武淘。比如，她能在瞬间把自己的玩具拆得七零八落。她有一个泥娃娃，某日，她用小凳子把泥娃娃砸得粉碎。泥娃娃容易砸碎，母亲便给她换布娃娃，她破坏布娃娃的办法是用有力的小手把它撕成碎布。泥的、布的都被她破坏了，便给她买来一个橡皮娃娃，新娃娃到手后，兆和翻来覆去研究，随后在保姆的针线盒里找了把剪刀，手起刀落，橡皮娃娃的头齐刷刷地被剪掉。本来她和两个姐姐都有童年的玩具，人家的还都好好的，可她的却早早就拆了，或者毁了。她这种男孩子般的顽皮，和两个姐姐比，就显得很另类。

张家上下是极其盼望家里有个男孩子的，但三小姐毕竟不是男孩子，她的男孩子般的淘气便要受到严厉惩罚，一个贵族大小姐怎么可以像个淘气的男孩子那样不拘小节？她必须文静优雅，娇媚隽秀，如果脑子灵光，还要培养出一身的书卷气。鉴于三小姐偶尔会做错事，于是，在她因为调皮犯了错的时候，便要对她进行适度的惩罚。

那些小惩罚都是由她的保姆朱干干来监督实施的，朱干干也不敢对三小姐来狠招。一是因为兆和是张家小姐；二是这个女孩子是她从小带大的，有感情；三是三小姐犯了错，作为带她的保姆自己也脱不了干系，如果自己管教到位，她怎会这般淘气？惩罚三小姐就等于惩罚她自己，她怎好动真格的？

不过，三小姐兆和却特别自觉。只要自己做了淘气的事，便主动老老实实等着挨罚，从来不狡辩，从来不赖账，也从来不讨饶。乖乖等着挨罚的三小姐被关进房间坐禁闭，或者被罚坐硬板凳的时候，她绝不找任何借口减轻惩罚，关进小屋子，她便一声不吭蹲在里面，不放她出来，她绝不哭闹喊叫。坐到硬板凳上，她便挺直腰杆一直就那么端坐着，没让她离开，她就一动不动那么坐着。每次都是朱干干心疼了，提前悄悄把她放出来，叮嘱她以后要乖，不能再淘气了。在这个时候，三小姐都是颔首，以后却依然我行我素。再淘气，当然还是关禁闭，反正她也不在乎这些无关痛痒的惩罚，对于做了错事老老实实挨罚，她已经习惯了。

三小姐和二小姐各淘各的气，她们很少有交集。

不过，赶上都淘气的时候，挨罚就有了陪绑的。

一条硬板凳上坐着两个可怜兮兮的小淘气包，并没有人监督她们，凭的是自觉。三小姐兆和会很自觉地端端坐着，面壁思过，当然她小脑瓜里想的是什么，是不是在思过，别人就不知道了。二小姐允和才不会就那么安安稳稳坐着呢，她坐不上片刻就烦了。尽管有人陪着，也不行，她会对着门口大嚷大叫，如果没人理会，喊叫声就变成了嘤嘤嗡嗡的哭泣。赶上她着急要出去的时候，就不仅仅是低声啜泣了，她会跳起来嚷叫，这是她的强项。她的哭声具有势不可当的穿透力，不但门外的保姆能听到，在其他房间的爸爸妈妈能听到，连厨房做饭的大师傅、看大门的门卫都能隐隐听到。

二小姐受罚一般是要经过老爷太太批准才能实施的，不像三小姐，保姆就有权作出惩罚决定。所以，撤销对二小姐的惩罚也要由老爷太太下令。二小姐允和在房间里跳着脚、扯着嗓子尖声哭叫，嗓子都快哭哑了，奶妈和保姆都在门口跟着掉眼泪，最后还是保姆出面去找老爷太太请示，请求"保释"二小姐。这种请示一般都能奏准，二小姐的哭声早就把大家的心都哭软了，即使哭不软也哭烦了，只要能让她止住哭声，比什么都强。

二小姐大哭大闹的时候，关在一起的三小姐却在默默忍受着，她心里念着：哭什么，有什么好哭的？有本事别淘气啊。

二小姐张允和的哭声很奏效，保姆很快就会来开门放她出去。一听到脚步声和有人开门的声音，她便会把哭声加大，制造出更加骇人的效果。当然，保姆一放她出去，她立刻就可以停止哭闹，立竿见影。

二小姐放出去了，为了公正起见，三小姐也得放出去。此时的三小姐还认真地坐在板凳上面壁呢，对于这种形式的"提前释放"，她不但不领情，似乎还有些不情愿，不像是得了什么便宜，倒像是吃了多大亏一样，很留恋地在保姆的帮助下跳下板凳，慢慢悠悠离开那里，惹得保姆哭笑不得。

二小姐和三小姐个性分明，这一黑一白，一胖一瘦的同胞姐妹，仅仅相差一岁，差别却是如此巨大。

不过，二小姐允和也有哭闹不管事的时候。

那就是母亲陆英亲自把她关了禁闭，谁也不敢为她去求情。

陆英把允和关进房子，一般都是因为学识字之类的事情。她不管多忙，孩子们的启蒙教育是不会忽略的。那时候大小姐元和已经认识许多字，能听懂《女儿经》了，少女时代熟读《女儿经》的陆英经常会背诵给她听："女儿经，女儿经要女儿听。每日黎明清早起，休要睡到日头红……"这些二小姐和三小姐还听不懂，她们还处于学最基础的方块字阶段，陆英便悉心教导这两个女儿认字。

兆和听母亲的话，每天都能认识一些新字，几天下来，已经能把家里随处可见的一些对联、中堂联念出来了。允和对识字还没有兴趣，不认真学，陆英忍无可忍，便关了允和禁闭，而且不管她怎样哭闹都不放出来，她哭累了伏案而睡。这次关禁闭没有兆和陪绑，居然很奏效，第二天这位二小姐便乖乖地主动学字了，而且学习能力非常强，她悄悄和三妹展开竞赛，一对小姐妹不分伯仲。

二小姐和三小姐这对仅差一岁的小姐妹，从出生到成长的过程中，是四姐妹中相处最多的。

大小姐元和比她们大几岁，而且是老太太最宠爱的孩子，从小一副不食人间烟火的大家闺秀样子，不屑于和这两个小妹妹混在一起。

刚到上海的时候，有一段时间，允和与兆和就住在同一个闺房内。高兴的时候，一对小姐妹也能快快乐乐玩到一起；不高兴的时候，也会因为各种小事闹翻，每次不欢而散，总是小姐姐不依不饶小嘴吧嗒吧嗒说个没完，妹妹噘着小嘴含着眼泪静静离开。可是过后，她们谁也离不开谁，很快又聚到一起，没办法，她们天生就是这样一对欢喜小冤家。

生完兆和，陆英又接连生下四小姐充和，以及几位小少爷。孩子多了，管理起来就像一个小型幼儿园，比如孩子们吃零食，都要有一个保姆很公平地分到每一个孩子手中。民国年间，即使富裕的贵族之家，在孩子饮食生活方面也不会娇纵。分食苹果的时候，每个人一次只给一个，免得孩子们吃不完浪费。

对于分到手的食物，每个孩子都会依照自己的性格来食用。性子急的孩子拿到手立即就吃完了，性子慢的孩子会一点一点慢慢吃，别人都吃完了，他还有存货，于是这点存货便会成为其他孩子觊觎的目标。

二小姐允和属于性子急的孩子，虽然长得瘦弱，吃东西却不弱，分到手的苹果等不到看清那果子长得什么样，就进了肚子。三小姐兆和则是性子慢的那一类，苹果拿到手，她先不急着吃，看看什么颜色，闻闻什么味道，然后才慢慢吃。三小姐永远都是细嚼慢咽，小心翼翼咬一小口，再细细品尝，她吃东西的时候全神贯注的样子，很是可爱。

兆和双手小心捧着苹果，一小口一小口仔细品尝，她吃得津津有味，便勾起了允和的"馋虫"。允和的苹果还没咂摸滋味就进了肚子，现在苹果的香味弥漫在空气中，好馋人。只有她已经把苹果吃完了，别的姐妹都还在慢慢吃，当然，兆和吃得最慢，她永远是最慢的那一个。

允和咽了下口水，看着每个人手中的苹果。

姐姐元和的苹果快吃完了，基本上就剩下果核了。她就是不吃完，允和也不敢和她抢，她比自己大三岁呢。

四妹充和已经被送回合肥老家过继给同族的奶奶了，她的自然没得可抢。小弟弟还小，即使他们只是抱着苹果不吃，做大姐姐的也不能抢他们的，抢他们的便有恃强凌弱之嫌。

但是，三妹兆和便不一样了，她们只差一岁，而且她的块头比自己还大，允和觉得，抢她的东西便不算抢。事实上，如果硬抢她还真抢不过来，三妹的劲头比她还大，她只能巧夺，譬如趁着兆和不注意飞快地抢过来，迅速放进自己嘴里，等她明白过来，东西早就下肚了。

允和抢兆和的苹果，一般都是采取这种办法。

三小姐兆和慢慢吃着苹果，细小洁白的乳牙咬在洁白多汁的果肉上，一股清凉香甜的味道充满口腔，她陶醉在甜滋滋的果香中，根本就没有防备谁来抢她手中的苹果。尽管在这之前她屡次被二姐抢食物，不过一旦吃起东西来，她就沉醉其间，失却了防范意识。

允和故伎重演，一把就将兆和手里的苹果抢了过去。

兆和连躲闪的机会都没有，手中的苹果就没了。她握苹果的那只手还空空地停在原处，苹果已经到了二姐手中且被咬去大半块，她下意识地喊道："二姐抢……"

"抢"字刚出口，允和手快，一巴掌拍过去了，把兆和后面的话生生拍回去了。

关于这一段，张允和在她的回忆文章中这样写道：

> 小时候，有一次几姊妹分苹果吃，我吃得最快，三两下吃完，看看三妹，她正小心捧着苹果，一小口一小口仔细品尝。我一把抢过她的苹果，她刚喊了声"二姐抢……"我一巴掌打过去："嚷什么嚷！"她马上不作声了，嘴一瘪一瘪地要哭。那时候我怎么那么不讲理呀！

兆和的嘴一瘪一瘪地要哭，可眼泪终究是没掉下来。她不轻易流泪，因为朱干干告诉过她要知足常乐，她从小没挨过饿，没受过冻，有些小委屈也是因为二姐调皮和她开玩笑，值得她哭鼻子、流眼泪吗？

在四姐妹中，个性最强、最特立独行的是兆和，她从小不依赖任何人，不取悦任何人。她想做的事情谁也拦不住，她不想做的也很难勉强，除非最终她自己想通了。长成美丽的少女后，当沈从文以猛烈的情书攻势向她发起爱情进攻的时候，她冷静地把那些情书收藏起来，迟迟不作任何回应，如果换别的女孩，怕是早就崩溃了。张家这位理性的三小姐却可以平静地把那些折出各种形状的纸张慢慢抚平，按部就班该做什么还做什么，倒是沈从文，差点崩溃。

家中请来了家庭教师后，兆和的各种淘气事依然会不断上演，这个时候，便由家庭教师于先生出面整顿治理了。于先生使用的手段比保姆可厉害多了，关禁闭、坐硬板凳这样的小儿科惩罚手法于先生根本不用，最基本的惩罚就是用一条窄窄的木尺打手心。胖嘟嘟的小手伸出来，在木尺的拍打下片刻工夫那只小手便会肿起老高。兆和从来不讨饶、不流泪，有时候，打着打着，于先生对这个惩罚手段也开始怀疑：对付这个小女孩，这种办法是否太过严厉？于是，他那握木尺的手便轻下来、慢下来。最终象征性地打几下也就算了。

这个不爱哭的坚强女孩，其实更容易让人心疼。

当她眼圈里含着泪水，就是不让它滚落下来的时候，是最让人心疼的。家里的人心疼大小姐是因为她是家中第一个孩子，是老太太最喜欢的孩子；心疼二小姐是因为她天生风拂杨柳式的娇弱；心疼三小姐则是因为她有泪往肚子里咽的隐忍和要强。

大小姐很少因为淘气被惩罚，即使受罚关禁闭也有好吃好喝的，别人不敢送，老祖母敢送。二小姐淘气被惩罚，等不到多大工夫就会被救出去，她那小身子骨，没人敢饿着她。三小姐淘气关禁闭，在里面挨饿便不是什么新鲜事了。不过，家里的那些仆人们，那些看门的老头，会悄悄从自己的碗里分给她一些糙米饭。这样粗糙的东西，即使给大小姐和二小姐她们也不会吃，但是，三小姐却吃得津津有味。

兆和生活在一个热热闹闹的大家庭中，但是童年时代的她内心是孤独的。作为家里的第三个女孩子，她无意中变成了最被忽略的那一个，寂寞的童年影响了她一生。后来她创作的儿童小说《费家的二小》《小还的悲哀》《湖畔》《招弟和她的马》《玲玲》等，当中所刻画的儿童人物的内心世界里总是充满寂寞，这大约是童年生活给她留下的一点小小的阴影。

世间所有的孩子都是向暖型的，谁对他好他一下子就能感觉出来。

兆和这个在家中不被重视的孩子却很受仆人们喜爱，或许因为这个三小姐不娇气不会摆架子；或许因为他们是同样不受主人重视的人，同病相怜。总之，兆和小时候和家里的仆人们关系不错，他们喜欢这个淳朴的三小姐，教她各种在民间流行的童谣歌谣。

兆和到了老年，还会透过将近一个世纪的光阴忆起朱干干教她唱的儿歌："老太太，作古怪，睡在床上不起来。儿子盛肉来，媳妇打酒来，骨碌骨碌爬起来，摸不着裤子套口袋。"

过继出去的四小姐张充和

充和是四姐妹中唯一一个没有出生在合肥老屋的。

从安徽搬到上海法租界，租下一栋二层楼的房子后，陆英再次怀孕。

这一次大家都认为陆英怀的是男孩，亲戚们甚至私下还打了赌。有一位亲戚自诩会看相，认为这一次少奶奶的气色和前三次不一样，必生男孩无疑。为了显示其预言的正确性，他早早就让金匠打了一把长命金锁，准备这个男孩一出生就送过去，还要收这个孩子为义子。

甭管这位亲戚过去看相准不准，反正这一次他是没看对，孩子生下来，依然是女孩。

那把精心打制的金锁终究没在这里派上用场，准备来贺喜的亲戚怎么来的又怎么回去了。张家上下没了元和出生时的欣喜，也没有充和出生时的忙乱，相较于兆和出生时的平静，这一次是从上到下的沉默。沉默只是一层薄纸，在沉默的背后有数不清的失望和叹息。

　　张冀牖的脸上依旧是任何人都看不出破绽的平静，他给第四个女儿取的名字是充和。

　　"充"的本意，是"满"和"足"的意思，张冀牖给四女儿取了一个"充"字，大概不仅仅是因这个字也有"两条腿"，更是考虑到了这个字蕴含的"充足、充实"的意思，他们张家的小姐已经足够多了。

　　四小姐生下来，陆英的奶水还是不足，和前面的三个姐姐一样，也为她寻来个奶妈。充和没有姐姐们幸运，她的奶妈奶水的质量明显比姐姐们的奶妈的奶水差得远。

　　充和的奶妈姓高，是个美人。人长得美，出身却卑微贫寒，做丫鬟的时候，因为长得太美，被老爷看上了。受了惊吓的她来不及细细选择郎君，匆匆找了一个男人嫁了，却没想到丈夫是个吸食鸦片的瘾君子，家中的钱都被丈夫吸光了。她生了孩子后，正赶上张家需要奶妈，她便到这里来挣钱养家糊口。在张家的日子是顺心的，但是，回到家中，却有毒瘾经常发作的丈夫不让人省心，她心情郁闷，奶水越来越少，时间不长便没奶了。

　　奶妈就是靠奶水谋生，没了奶，工作也就差不多没有了。不足一周岁的充和依偎在奶妈怀里，因为饥饿，她哭闹个不停。

　　女儿的哭闹让母亲陆英心疼难受，她从奶妈怀里接过四小姐，泪水涟涟地亲着孩子日益消瘦的小脸儿。

　　奶妈忐忑而惊恐地站在一边，她的衣襟还没掩好，她看着陆英母女相对落泪，心里也非常难受，嘴里嚅嗫着："我没有奶好四毛姐，我对不住您，您再另选个好奶妈。"

陆英从来没有为难过家里的下人，她流着眼泪摇摇头，她越摇头，奶妈越为自己没有尽到职责而自惭形秽。其实就是主人不嫌弃她，这个工作她也要做到头了。家中那因吸毒而性情暴戾的丈夫前一天就向她下了最后通牒，必须结束这份工作。那个瘾君子虽然自己无能力养家，却也不肯让女人到大户人家做工，或许他对美丽的妻子不放心。

几年后，这个奶妈的丈夫吸毒过量撒手人寰，她又重新回到已经搬迁到了苏州的张家，做了张家三少爷张定和的保姆，就是张定和最依赖的高干干。

四小姐在饥饿中难以入睡，半夜也哭叫不停。

这样的一个夜晚，恰好让从合肥来上海探亲的叔祖母赶上了。

叔祖母是祖母的妯娌，当年出阁前也是水葱一样的大家闺秀。她的娘家是合肥西部的大家族，她的父亲李蕴章是李鸿章的亲四弟，也就是说，她是李鸿章的亲侄女。嫁到门当户对的张家之后，这个女人的生活并没有出嫁之前所想象的那样幸福。先是丈夫早逝，她守着一个独生女儿长期孀居，女儿出嫁后给她生了一个外孙女，不久，女儿和外孙女也不幸离世，只剩下她守着万贯家产，悲情孤独地活着。

她皈依佛门是为了寻找精神寄托，在佛界，她有一个法名叫作识修。充和一生中只知道抚养自己的叔祖母名叫识修，并不知道她的真正名字是什么。

　　叔祖母识修听不得小孩子悲悲切切地哭泣，更何况充和这样一个只有几个月大的婴孩。那个夜晚她是陪着张家的老太太睡在二楼的，听到一楼的孩子不停地在哭，便走下楼，问清缘由。她抱过孩子，充和也许是哭累了，在她的怀抱中居然不哭了，慢慢睡去。小女婴可爱的模样让识修祖母产生了收养这个孩子的冲动，这个念头在心中转了几圈，她当时并没有说出来。回到楼上的睡榻，她翻来覆去思考了一夜。第二天清晨，她提出想正式过继这个孩子，问张家老太太和张冀牖夫妇，是否能让她把充和带回合肥当亲孙女养。

　　识修的目光中充满温柔善良的恳切，她是真心实意喜欢孩子的。张家老太太答应了，张冀牖和陆英思来想去最终也答应了。

　　本来识修是担心孩子的父母不会答应的，她自知自己的命不好，怕影响到孩子，便说，自己先去算上一卦，看看自己的命会不会妨碍充和。陆英摇摇头，她对自己的孩子有信心，她说："充和有她自己的命。该她的就是她的，别人妨碍不了她。"

　　于是叔祖母识修从上海回合肥的路上，便多了一个小婴孩。

　　充和的童年由此就有了转折，她由不得自己主宰命运，便离开父母和姐姐们，从上海回到了合肥。

　　其实，在合肥老家，潜心向佛的叔祖母已经收养了许多无依无靠的女子，以及残疾，或者被遗弃的孩子。周围的人知道叔祖母善良，常常把遗弃的孩子放到张家的祠堂门口，叔祖母发现了便把他们送到庙里抚养。充和与那些被收养的孩子不一样，她是被叔祖母当成亲孙女抱养的。从此，她们便相依为命，成为最亲近的人了。

叔祖母为充和找来最好的奶妈钟妈，首先钟妈奶水好，不会让充和挨饿，另外，这个奶妈美丽善良，还多少读过一些书、受过教育，这一点是很重要的。叔祖母给自己孙女找的奶妈是经过千挑万选的，必须是万里挑一的好女人。

来到合肥的充和，不再像在上海的时候那般哭泣，她肚子吃得饱饱的，小脸蛋也胖胖的，开始有了多余的精力打量这个世界。

充和的住处是叔祖母卧室后面的一个房间，房间是相通的，这样便于叔祖母可以随时看到小孙女。充和与钟妈睡在一张床上，平日里她的生活、叔祖母的生活，都由钟妈打理。

日子日复一日、年复一年地过去，每一个清晨，钟妈起得总是最早的，她起床的时候，充和还在安睡。她起床后的第一件事便是给叔祖母梳头，她这边梳着头，老太太便趁着钟妈给自己梳头的空当，把该背诵的诗词和古文默诵一遍，这是她每天必做的功课。

充和在慢慢长大，她已经能牵着叔祖母的手到花园里散步了。她喜欢这样漫无目的地散步，一边走，叔祖母一边给她讲故事，有张家先人的，有更古老的故事，像狐仙的故事，有的故事她能听懂，有的根本就听不懂，但是她依然专心地听。充和不怕听狐仙故事，祖母在佛堂里设有一个狐仙香案，每天晚上为狐仙上三炷香，她经常悄悄看着祖母上香，甚至渴望能见到一位狐仙，却从来没有碰到过。

充和的聪明让叔祖母欣慰，她欣慰的是自己没有抱养错这个孩子。这个小女孩一学会说话就能在大人的教导下背诵简单的古诗，五岁的时候就能沉下心来练颜体书法，还能背诵《三字经》和《千字文》。这样聪明的孩子如果找不到好的老师，一旦耽误了，该是怎样的遗憾。在选择老师这个问题上，叔祖母从没有马虎过，她给充和找来最好的先生，其中有一位是清朝的举人左先生，专门请来教充和吟诗填词。

还有一位是吴昌硕的弟子、考古学家朱谟钦先生，是高薪聘请来的，每个月的月薪是300银元。民国时代，能挣到月薪300大洋的，都是民国精英，普通教书匠是没有这么高的待遇的。朱先生有了高工资，便把家眷也迁到了合肥城里，这样，他能更安心地教导自己唯一的学生。

有叔祖母亲自督导，充和的课程安排得很紧，比到外面的学堂要紧张得多。每日早上8点，上午的课就开始了，中间一小时午餐，然后便是下午的课程，一直到下午5点结束。在她的学习生活中，每十天只给放假半天。《史记》《汉书》《左传》《诗经》等典籍是必读书目，除此之外，老师还会增添自选教材。十年如一日，这样刻苦地学习不愁炼不出一个绝世才女，她深厚的国学底子就是这样打下的。

充和的文采在很小的时候就显露出来了，少女时代，家中的一个保姆病逝，她写过这样一首诗：

> 趁着黄昏，我悄悄地行，行到那薄暮的苍冥。一弓月，一粒星，似乎是她的离魂。她太乖巧，她太聪明，她照透我的心灵。
>
> 趁着黄昏，我悄悄地行，行到那衰草的孤坟。一炷香，一杯水，晚风前长跪招魂。唤到她活，唤到她醒，唤到她一声声回应。

这诗情深意切，才气一点也不输于民国年间活跃在文坛上的那些女作家，只是，充和没有打算走文学这条路。

在故乡安静古朴的环境中，充和过的完全是一个真正大家闺秀的生活。她远离上海那样的大都市，不受现代摩登生活的诱惑，她在宁静的庭院中饱读诗书，两耳不闻窗外事。

一楼是她和叔祖母居住的地方，二楼便是藏书楼，那个蒙尘很久的藏书楼是张家祖辈留下的。充和小姐常常会独自登上藏书楼，挑拣一些喜欢的书来读。她到楼上读什么书，没人阻拦她，坐在泛着岁月焦黄的古书堆中，她安静地翻阅那些尘封多年的线装书，许多有趣的古书她都是这样阅读的。

除了读书，许多事情于她都是陌生的，她基本上"大门不出，二门不迈"，外面许多新奇的事物她都不认识。那年春天，合肥上空第一次过飞机，她便以为是脱了线的风筝，还站在门外兴奋地看来看去，结果被先生惊恐地捉回了屋里。

先生告诉她：那是山东军阀张宗昌的飞机，搞不好会丢炸弹的。

丢炸弹是怎么回事，充和更加不懂，对天上飞的那些远看像风筝，近看像老鹰的飞机，她只是觉得好玩，脑子里没有害怕。

稍稍长大后，当这个"古董"一般的小淑女回父母家省亲的时候，她那拿捏十足的大家闺秀范儿，比姐姐们要正宗得多。姐姐们虽然也是大家闺秀，却是经过了民国大都市新式文化熏陶，是改良了的大家闺秀。

充和童年的天地很窄，有时候寂寞了，她便站在窗口向窗外更远的地方瞭望，窗外的天地也不宽绰，还是一眼能看到头的院子，目光掠过花台，掠过花台上的百合花，便会被古老的高墙挡住。

墙外的世界很大，她与那个陌生的世界是相隔的，因为在外面她没有朋友和玩伴，最好的朋友只有一个——叔祖母收养的盲女孩，小尼姑长生。

长生因为眼睛残疾从小被父母遗弃，她是被叔祖母收养到寺庙长大的。这个盲人小尼姑是极其聪明的，虽然眼睛看不见，但凭着超人的记忆，她会背诵经书，会唱偈文，会吹箫。她喜欢听别人给她讲述她看不见的光明世界，与充和在一起的时候，她最开心，总是静静地听充和给她讲天空、云彩、衣服的色彩。

有小尼姑长生在，充和破例会被允许到城墙上看看风景，那风景小尼姑长生是看不到的，全凭着充和讲给她听。充和娓娓讲给她："太阳这时正照在塔尖上，护城河中行过的小船，船上有孩子，孩子赤着脚，正在啃一块西瓜皮。"

充和还将一把绘着贾岛《寻隐者不遇》诗意的山水画团扇送给小尼姑长生，她把扇面上的诗读给她听，告诉她团扇上绘着远山、浮云、溪水、老松，一个童子和一个老者。长生爱不释手，扇面上的故事她听懂了，那首古诗她也学会了，于是，扇面上的画便如同她见到了一般，她会骄傲地手执团扇问别人：你知道这个扇子上画了几个人吗？所有被她问过的人只瞄上一眼便能答出：两个人啊。她却胸有成竹地笑说："错，是三个。"别人看来看去只看到两个，不好说她盲，只能实事求是地告诉她："上面只有两个人，一个老翁，一个童子，第三个在哪儿？"她咯咯笑着答："在云里，没看到天上还有一朵云嘛。"

充和叹服小尼姑的聪慧，这个小尼姑如果能看到世界，一定是天下最聪明的女子。

充和的另外一个玩伴是远房亲戚家的女儿。女孩的母亲是山东人，读师范时接受了西式教育的女孩的母亲相信爱情，爱上了当时做教师的女孩的父亲，师生恋搞得沸沸扬扬，最终修成正果嫁给了自己的老师，并生育了两个女儿。几年后当她跟随已经成为夫君的老师回到合肥家乡时，才发现男人原来是有妻子孩子的。美好的爱情梦破碎后，女孩的母亲便疯了，曾经与她山盟海誓的那个男人不辞而别回到原来的家。

这疯掉的悲情女子和两个孩子都由叔祖母接济生活。母亲疯了，好在女儿还好好的，还在继续读书。她喜欢和充和一起玩儿，有玩伴一起玩耍的时候，女孩是阳光的，她或许是故意让自己忽略尴尬的家事。

充和还有一些玩伴，便是仆人家的孩子。

那些偶尔跟着父母来主人家玩耍的男孩子，与充和的年龄不相上下。他们一开始会把充和当成大小姐敬着，玩着玩着就忘记了这个玩伴的身份，充和自己也不记得自己是大小姐了，打打杀杀你追我赶的。倒是经常来访的表兄弟、堂兄弟们显得更生疏一些，他们互相敬着，端着不敢放下的架子，彼此都很累。

不知不觉充和长大了，那些各式各样的玩伴忽地就散去了，他们开始明白自己的地位和角色，再见时已变得低眉顺眼，因为她是女主子，她是千金小姐，他们是下人，赶上过年的时候，还要给她恭恭敬敬地磕头。

他们本就不是一个阶层的，那曾经天真无邪的童年，会随着年龄的增加而复杂成她根本搞不懂的纠结和无奈。

还是回到父母的那个家要舒服得多，那里没有这么多的束缚，没有这么多的规矩。

那时候，张家已经搬到了苏州的九如巷；那时候，回家省亲的小四妹穿着中规中矩的布衣布衫，比三个大姐姐还显得大家闺秀；那时候，充和六岁多了，张口便是一口纯正的合肥方言，但是，临碑临帖、读经诵诗，她都比姐姐们强，谁都不敢小瞧这个四小姐。

充和古文底子深厚。不过，毕竟已经是民国时代了，一切新潮的事物她都不知道，新文化运动中涌现的那些人、那些物她也一概不知。

那年春暖花开的季节，充和像一只小小的候鸟，在离开家六年多之后，第一次回到父母身边。

九如巷的姐姐们穿着新潮的衣服，说着她有些听不懂的新鲜名词，她的心是和她们贴近的，却又有着说不出的生疏感。她们喜欢这个文绉绉的小妹妹，用各种方式表示亲热，她们不在乎小妹妹那一口奇特而浓重的合肥方言，有时候她们自己也说家乡话。只是小妹那一身不合时宜地带着前清遗风的衣饰，让她们不太能接受，她们想给小妹换上一身时尚的衣衫。可是充和不喜欢，她已经习惯了这个样子的自己。

回到父母的家中，大家欢天喜地。母亲觉得，充和的功课是荒废不得的，在这里，她依然要学习文化。

母亲陆英在教育孩子上很有一套，除了以老带少，由她亲自启蒙自己的孩子外，还有一种方式就是以大带小，让大孩子做小孩子的老师，比如大姐教大弟，三姐教二弟，从合肥回来的充和便由二姐允和来教。老师要有老师的样，学生也要有学生的样。母亲买了蓝布，让每一个小老师为自己的学生做一个蓝布书包，再替学生起个学名。

充和这个小四妹平时不和姐姐们在一起，她的脾气秉性二小姐允和不清楚。允和感觉这个学生不好教，她古文底子比自己还好，论古文足可以反过来做自己的老师，那就避开古文，教现代文明。这个小妹，连胡适之这样的大人物都不知道，像一个小学究，首先得让她觉悟，那么就给她起个学名叫"王觉悟"吧。名字改了也就罢了，不知道二小姐为什么连姓也给人家改了。

对"王觉悟"这个新学名，充和一点都不喜欢，她噘着小嘴一声不吭，表示强烈抗议。但是，抗议无效，那个奇奇怪怪的名字已经被二姐费了好大劲一针一线歪歪扭扭绣到书包上了。

背着绣有"王觉悟"三个字的书包，充和感觉很不自在，她终于忍无可忍，开口用合肥方言问二姐："我为什么要改名叫王觉悟？"

二小姐早就想到四妹会问她，便把想好的理由叙述一遍："觉悟嘛，就是一觉醒来恍然大悟，明白了一切。"

"那二姐要我明白什么？"充和接着问。

允和的回答让充和感觉云里雾里的："现在新世界，大家都明白道理，要民主、要科学，才能救中国。"

充和虽然比二姐小，但思维敏捷，她继续追问："既然姐姐是明白道理的人，那你给我解释一下，我姓张，为什么要改姓王？"

这个允和回答不上来了，她并没有仔细想过为什么要给人家改姓。

小四妹说出话来咄咄逼人："王是皇帝的意思，皇帝是和土匪一样的人。俗话说，成者为王，败者为寇。姐姐给我改名叫王觉悟，是不是说，土匪也觉悟了？什么王觉悟，我不喜欢这个名字，以后别叫我王觉悟。"

充和这一套理论根本就不像六七岁孩子能说出来的，把允和说得哑口无言。小四妹生气了，她把绣着"王觉悟"名字的书包塞给二姐，宣布罢课。

允和感觉自己很失败，看上去温和文雅的小妹，却是最难调理的学生，如果换作大弟和二弟，她给他们起个什么名字他们都不会提出抗议。她找了把小剪刀，流着眼泪羞怒地把"王觉悟"丢给她的那个书包上绣的名字拆下来。母亲见允和一边拆书包上绣的字，一边抹眼泪，便劝慰："小二毛哭什么呢，这么大人还哭，你看小妹妹都不哭呢。"允和哭得更伤心，若不是给小妹妹气得，她能哭吗？

还好，充和是个乖巧女孩，会哄姐姐不生气，姐妹两个很快又和好了。

充和也有自己的弱项，比如做女红，她就比姐姐差得远，在绸缎上绣花这样的手工活她从来没有做过，叔祖母不培养她做这个。二姐把绣花针交到她手上，她连拿针都不会。二姐性子急，索性自己把花绣好了，然后假装是小妹绣好的，还到处炫耀，说她这个老师教学水平高，小妹的绣活已经达到这般水平了。其实大家都知道这不是充和绣的，就是她这个老师自己作弊绣成的，但谁都不揭穿她们。充和的奶妈钟妈不明就里，以为真是充和自己绣的，直夸她聪明，一上手就能绣这么好的绣品。

充和被夸得心里美滋滋的。既然有二姐代劳，她索性连学都不学了，一直到长大，她也没有学会刺绣。

春天在苏州住上一段时间，充和便要回到合肥。这边有舍不下的父母和姐姐弟弟，那边有最最疼爱她、牵挂她的叔祖母，充和对哪边都不舍，却又不得不离去。

钟妈带着充和来，又带着充和去。母亲陆英亲自把她们送到苏州火车站，目送着小女儿进站了，陆英恋恋不舍，大声告诉钟妈把孩子举高一些，让她再多看上几眼。她每次送别小女儿都是这样，这一次不知为什么更加依恋远去的充和。她不知道其实这是她和充和生命中最后一次相见，她们再见面已是生死相隔，陆英匆匆离开人世时，充和还在遥远的合肥，是叔祖母把陆英的死讯告诉她的。

姐妹们那点儿事

元和十岁那年，张家从上海迁到了苏州。

他们一家在上海住了五年，这五年时间，张家的人口结构已经发生了很大变化，老祖母不在了，家中又增添了几个小生命。张冀牖在上海本打算投资经营实业的，大概他天生不是搞经济的材料，实业没搞成，让他很失落。

更失落的是，在上海，他们家不断被盗贼光顾。尽管前前后后搬过三次家，可无论搬到哪里，都还是没有安全感。

一个没有安全感的城市，即使它再繁华再美好，也让人心里疙疙瘩瘩的。

张冀牖便和陆英商量着搬到苏州去。

过去，母亲在世的时候，有些事情是老太太帮着出出主意，如今老太太作古了，许多事情都是陆英帮着拿主意。充满江南风情有着悠久文化底蕴的姑苏古城是张冀牖喜欢的，也是陆英喜欢的。搬到苏州之前，要去那里寻找房源，看房子，买房子，这些琐碎的事情，居然都是陆英一手办理的。

她拖着有孕的身子带着两个仆人来到苏州，租了一顶轿子，几乎转了半个苏州城，最终租下了苏州寿宁弄8号那座大院子。

这里的房子比上海的大了许多，正是孩子们喜欢的。

那是一幢花园式的公馆，一个有典型苏州园林特色的大宅院，他们的邻居都是当时的一些民国大人物。那座大宅院之前住的究竟是官宦人家还是富商，不知张冀牖考证过没有，反正大小姐们是不管这些的，她们被这座院子的景色迷住了。哇，这么多的房子啊，一间，两间，三间……数都数不过来啊。

院子不是纯粹的传统中式建筑，而是中西结合。这里粉墙黛瓦，清幽整洁，黑白的主色调显现着传统江南独特的文化意蕴；但是，房子是中西合璧的二层欧式洋房，有水洗芝麻白石柱，套雕塑饰花工艺较精，立面形式丰富。

由纵向的门厅、正厅、后厅三个厅组成三进院，孩子们喜欢房子后面的花园和后园，最重要的是，后园里有太湖石假山以及荷花池、水阁凉亭，和上海的小二层楼相比，这里要好玩得多。她们都有了自己的小天地，女孩子们就住在第三进院子的绣楼里。在楼上，打开窗子，举目望去便是美丽的后花园，花园里有广玉兰、桂花树、紫玉兰、白玉兰，还有许多正在盛开的花木，那些花花草草正是女孩子们的最爱。

姐妹们经常跟着母亲在上海的大剧院看戏，她们看过《牡丹亭》，这花园，莫不是《牡丹亭》里的花园吧。

不但女孩子们有了自己单独的绣楼，张冀牖和陆英也各自有了自己的书房，连仆人们也都有了自己的住处，甚至还能腾出几间屋子做客房，大家顿时都感觉好幸福。

姐妹们喜欢苏州的夜晚，不像上海的夜晚那样喧嚣，这里安安静静的，一切都比上海安静，连苏州话都要绵软安静得多。

苏州话是吴语的代表方言之一，以软糯著称，那吴侬软语一下子吸引了小姐妹们的注意力。那个夏天，她们几乎每个夜晚都坐在凉床上学唱苏州民歌。

允和记得她们最喜欢学的是这样一首歌谣：

> 唔呀唔呀踏水车，水车盘里一条蛇。牡丹姐姐要嫁人，石榴姐姐做媒人。桃花园里铺房架，梅花园里结成亲……

夏天，她们上课的书房是门前长着两棵玉兰树的花厅，玉兰花开放的季节，她们便移到"夏宫"里读书了。花厅很大，空间宽绰，几个孩子外加上奶妈和保姆家两个伴读的孩子都搬到这里来读书。几张书桌摆好了，也不过就占到花厅三分之一的地方。

玉兰花开的季节，空气中飘着醉人的幽香。她们对盛开的厚重硕大的花朵不仅仅是欣赏，这群贪婪的小孩子居然还垂涎欲滴地想把它们吃进肚子里。

不知是谁出的主意要吃玉兰花，于是孩子们便一起对奶妈和保姆叫喊着要吃玉兰花。

玉兰花的花瓣确实是可以吃的，清朝陈淏子所著的园艺学专著《花镜》里介绍过："其瓣择洗清洁，拖面麻油煎食极佳，或蜜浸亦可。"不过，估计这些小姐妹肯定没有读过《花镜》，她们不过就是异想天开要吃玉兰花。保姆和家里的厨子们真是太宠着这些孩子了，居然摘来一些花瓣用油炸了，给她们解馋。吃上这种稀罕物，几个小姐妹都说又脆又香，好吃，像茨菇片一样。

真的好吃吗？大人们没尝过，不过他们真是胆大，孩子们想吃什么就由着她们的性子来。可是，如果那花儿有毒怎么办？

在上海，祖母在世的时候，是不允许这些女孩子抛头露面到外面的学堂去读书的，便请来教书先生到家里教。后来就一直延续了下来，祖母去世了，她们还是在家里念书。初搬到苏州，也还是把教书先生请到家里。

这样的家庭教育方式最大的优点是"活"，最大的缺点也是"活"。教材是请来的老师和张冀牖一起敲定的，和学堂里讲的不一样。其实，她们的教材根本就不算教材，从这儿摘编一些，从那儿筛选一些，然后用钢板刻蜡纸，刻制油印之后，带着浓重油墨味道的自制教材便出炉了。

教材虽然看上去有些简陋，先生们的工作热情却很高涨。他们对小姐们的要求还算严格，遇上中规中矩的大小姐张元和、胆小听话的三小姐张兆和，这严格是很有作用的；但是遇上脑子灵光嘴巴飞快的二小姐张允和，再严格的老师却也会被她搞得无可奈何。

二小姐脑子快，鬼点子多，又非常贪玩，姐姐妹妹们下了课，会在睡觉前默默背诵老师留下的作业，可她从来不受那个累。提前得知老师要检查她们背诵课文的情况，她便用老师基本听不太懂的合肥话快速地背诵老师要求背诵的那一段，会的就字字句句挨着背诵，不会的便跳着背诵，反正不打磕巴，小嘴巴吧嗒吧嗒行云流水一般。往往老师还没来得及想清楚她究竟背得对不对，课文就已经背诵完了。

老师不知道二小姐偷工减料了，只是隐隐感觉哪儿有些不对劲儿，却又指不出来，只得让她过关。

二小姐自鸣得意，坐在那里看着大姐和三妹磕磕巴巴一字一句地在老师挑剔的目光中背诵课文。虽然最终她们也过关了，却让二小姐替她们捏了一把汗。她悄悄向姐姐妹妹传授她的过关心得和经验。大姐元和从小做事都是按规矩来，对二妹的做法很不屑；三妹兆和天生胆小，不敢玩这个花招，万一被发现了又得关进小屋里。当然，到了苏州后，已经没有在上海的时候那么小的小屋了。不过，挨罚的滋味毕竟不好受。

好在除了白话和文言文课程之外，她们还有音乐、舞蹈、算学课，教这些课程的是个叫吴天然的女先生，课程经常调剂变化，还能提高她们的兴趣。

其实，所有的课程都不如靠近书房后墙的花园里的杏树和枣树对她们有吸引力。直到几十年后，已经变成白发苍苍的老人了，二小姐张允和还能忆起她们到杏树下捡熟透的杏子吃的温馨一幕。

农历四五月间，苏州的杏子便熟了，南宋时期她们的苏州老乡范成大有一首《四时田园杂兴》就是写这个季节的："梅子金黄杏子肥，麦花雪白菜花稀。日长篱落无人过，惟有蜻蜓蛱蝶飞。"

张家租住的这个大院里没有梅子树，杏树却是有的，就在她们夏季做教室的"夏宫"不远处。杏子越长越大，有的熟了便随风坠到地上，发出"啪啪"的声响。她们坐在那里摇头晃脑读古文，小耳朵却都听着杏子落地的声音呢。那声音搅得她们直流口水，心里总犯痒痒，眼睛也忍不住往杏树那边瞟。老师就坐在那里监督着呢，他虽然看上去有些困倦，但是，只要哪个学生有一点小动作，他立即就会精神起来。

姐妹们相互用眼神交流着，谁都知道对方那点小心思，却不敢有所行动。

好不容易盼到老师累了，到别处休息一会儿，三姐妹不约而同地直奔杏树下。哇，满地熟透的荷包杏子，大大的甜甜的，顾不上大家闺秀的矜持，也顾不上找水洗洗，从地上拾起来，用手擦擦便吃下肚去。

她们吃得正酣的时候，负责望风的保姆家伴读的孩子发来警示：老师要回来了，正往这边走呢。

她们立即从地上拾取一些熟杏子跑回座位，拾来的杏子就放在书桌抽屉里。有时候忘了吃，杏子便烂在里面。那个时节，在三个小姐的书桌抽屉里经常找到烂杏子不是什么新鲜事。

在这个院子里，娱乐活动并不多，最快乐的游戏便是抬花轿过家家。玩具花轿是赵保姆的丈夫用竹子编成的。赵保姆的丈夫在别人眼里是个好吃懒做的闲人，但手却格外巧。有了这个玩具，小姐们把自己的洋囡囡装扮成小新娘，把它们放进花轿，乐此不疲地玩抬花轿的游戏。那游戏不但让她们的童年时光充满快乐，在以后的岁月中，每每回忆起来，都让她们觉得温暖。

最安静的时候，是三个小姐文文雅雅地学王羲之"临池洗砚"，纤手悬腕，稳稳握着毛笔，一笔一画临摹字帖，十足的大家闺秀。

最狂野的时候，是她们在课余时间比赛爬山、玩水，她们你追我赶笑翻了天。张冀牖在书房听着孩子们吵吵嚷嚷，并不恼，依然神凝气定做自己的事情。他对孩子们的要求是，她们可以自由自在做自己喜欢的事情，但是关键的时候家教必须谨严。比如，家里来了客人，小孩子要规规矩矩站在客厅一侧打招呼，等待用人把招待客人的点心果盘端上来，小孩便乖乖退到外面——这些东西是给客人吃的，不是给孩子们吃的。

平常日子，许多规矩必须要讲的。到了过年过节，有意无意地，就有些放松了。

除夕夜，吃完年夜饭，小姐们不知道玩些什么更有意思。

男孩子们都在外面玩花炮，外面的鞭炮声对她们没有吸引力。这个时候捧着书本又显得太矫情。

家里的门卫、厨师们过年也不回家，他们在除夕夜的娱乐方式便是掷骰子、玩骨牌。

张家的仆人侍从也是有严格规矩的，平时类似这种赌博的娱乐项目不允许玩。过年的时候就不一样了，这些人远离亲人守在工作岗位上，再不许人家娱乐娱乐就有些不近人情了。

仆人们年节的赌博也就是消磨时光，一次只下几分钱的注，也就是博一乐而已。

这赌局把张家几个小姐吸引住了，她们生长在深宅大院，从来没有机会见识社会上的赌博场面，她们感觉好奇，便也参与其中，反正一次只要几分钱的注，她们的压岁钱足够用。

对小姐们的参与，那些仆人们心怀忐忑，他们怕老爷知道了会对他们大动肝火。有人便悄声劝她们："小大姐们，这个你们可玩不得，老爷太太看到会生气的。"

小姐妹们好不容易在这除夕夜找到一个好玩的娱乐项目，她们才不听仆人们的劝呢，你们玩得，我们凭什么就不能玩？

那一夜，她们很投入很专注地把心思都放在了掷骰子、玩骨牌上，根本没发现父亲的到来。

张冀牖每年的除夕夜都要到家中的各个地方走走看看，仆人们居住的地方也要去走一下，看看他们年过得怎么样，有没有什么困难。恰好就看到了女儿们和家里的工人掷骰子、玩骨牌的场面。他当时没吭声，沉着脸默默看了一会儿，就退出去了。张冀牖从小便对赌博深恶痛绝，他们合肥张家，因为家里钱多得不知怎么花，便有一些子孙抽鸦片、赌钱、娶姨太太。他目睹过自己的亲友因为赌博迷失本性，养成很多恶习。他不但不愿看着自己的女儿们沾染赌博的习气，平日里他们家的仆人也不敢随便赌钱。看老爷脸色不好看，仆人们不敢再继续赌博了，告诉小姐们今天的赌博到此结束。

小姐妹嘬着小嘴嘟囔："刚玩了几把呀，就结束。"

有人轻声对她们说："你们没见老爷刚才来过吗，没说话就黑着脸走了。"

父亲来过？还生着气走了？她们一心一意净顾着赌博了，居然没发现。她们面面相觑，慌忙逃离这个地方。心里都有些七上八下的，不知道下一步父亲该怎样处置她们。

大年初一，张冀牖见到女儿们后一脸和气，姐妹们这才松了一口气。

张冀牖把女儿们叫到他的书房去坐，小姐们乖巧地跟他去了。待女儿们坐定，张冀牖柔声问："昨天你们掷骰子、玩骨牌了？"小姐们你看我我看你，脸红红的，她们知道自己惹父亲不高兴了。

"你们应该知道我不喜欢赌博，以后女儿们不要玩了好不好？"语气中带着恳求。

"好。"三个小姐妹怯怯地回答。

"语气不够坚定，大声点。"

"好的。"这一次她们的声音大了一些。

"那么我们谈个条件，如果你们不玩骨牌，我给你们找老师学唱昆曲，等到可以上台唱戏了，就给你们做漂亮衣服。"

"一言为定。"

"一言为定，但是，从此以后你们答应父亲再也不赌博，一年一次也不行。"

小姐们答应了，她们想学昆曲，更想穿漂亮衣服。从小跟着妈妈在上海的大剧院里看昆曲，那甩得飘飘曳曳的水袖，婉转的唱腔，多美妙啊。

昆曲老师大年初二就被请回来了。老师是苏州昆班全福班的老演员尤彩云。

尤彩云是全福班名伶，是昆曲的旦角，嗓音清丽，委婉甜润，扮相秀美，表演细腻文静。他不但是一个好演员，还是一个好老师，后来在昆剧传习所当教师，主教旦行，《牡丹亭·游园惊梦》《南柯记·瑶台》等许多剧目都是他最拿手的。张冀牖为女儿们选对了老师。尤彩云很敬业，从此每个星期都按时来授课，课堂就设在张冀牖的书房。

枯燥的古文课之后，学学唱戏对孩子们的课余生活也是很好的调剂，她们很快就喜欢上了这门艺术。

小姐妹们学得很快，没多长时间就唱得有板有眼了，花园中的花厅就成了三姐妹的戏台，她们一般上午读书，下午可以偷空练练戏文。

戏台是现成的，化妆可以用母亲梳妆盒里的胭脂水粉；观众也是现成的，家里的奶妈、干干、用人们都可以当观众，但是，戏服还没有，只好用母亲的丝帕围在腰间临时充数。

张冀牖从来不食言，答应了给女儿们买戏服、做漂亮衣服，便说到做到。很快，大小姐们便有了戏服和漂亮衣服。

唱昆曲的队伍一开始是元和、允和、兆和三姐妹，后来四小姐充和回到苏州，就又多了这个四小姐。四小姐本来就有很厚的古文和读元曲剧本的底子，一上手立即表现不俗。

姐妹们对昆曲的爱持续了一辈子。元和在家里组织了她的第一个剧社——姊妹剧社，这个家庭剧社不但能演出经典昆曲剧目，元和还自己当编剧、导演兼演员。

因了姐姐妹妹们性格的不同，对昆曲的人物角色的喜爱也有所不同。

大小姐元和的性格文静端庄，大家闺秀的派头在四姐妹中最足，演昆曲的时候，她总是当仁不让地扮演小姐。

二小姐允和则把戏里所有的小丫鬟承包了，每每姐妹几个一起演出，她都是戏里的小丫鬟，所以她自嘲是"丫头坯子"。

三小姐兆和承包戏里的各种边缘角色，总之，只要别人不想演的那些不起眼的小角色她都演。

四小姐从合肥回来后，也经常扮演小姐的角色。比如她们合作最拿手的《游园惊梦》，大姐改演书生柳梦梅，小姐杜丽娘由四妹充和扮演，允和还是演丫鬟春香。演《三娘教子》这出戏的时候，大姐演女主角王春蛾，三妹演老仆人薛保，这里面没有什么丫鬟可演，二姐终于可以不演丫鬟了，却又换成了又要下跪又要挨打的薛倚哥。

大姐永远是昆曲戏台上的主角，她对自己扮演的角色很是在乎，她是在用生命爱着昆曲艺术。后来她嫁给一个昆曲名伶，或许是命中注定的吧。

这几个女孩子似乎有学昆曲、学舞蹈的天分，她们不仅能把昆曲唱得婉转优雅，还能把舞跳得风扶杨柳般婀娜。

只要是对身心有益的爱好，父母都默默支持。那些专门为练舞蹈而置办的练功衣和软底鞋，在当时是何等奢侈啊，一般家庭根本不可能支持孩子的这种业余爱好。

穿上练功服，穿好软底鞋，姐妹们特地让摄影师拍下了一张珍贵照片。从照完相那天她们就期待着，期待看到身着练功服的美丽形象。但是，许多美好的期望往往最终带给你失望。照片拿到手后，三个小姐妹都抢着要看第一眼，看看自己的形象有多么漂亮。

大姐在妹妹们的手中看了一眼这张照片，感觉很满意，便不再抢，微笑着躲到一边。二姐手里拿着照片，她也对自己很满意，想再仔细看一眼时，照片早已被三妹抢到了手上。

三妹在这张照片上的形象和她预想的不一样，她觉得这上面表现出来的自己不够美不够漂亮，她只看了一眼就失望地说："我怎么照得这么难看，丑死了！"

还没等姐姐们明白过来，她已经把相纸上自己的脸抠掉了。

于是，这张照片变成了残缺不全的两个半人，被三妹丢在了那儿。

好端端的一张照片眨眼变成这个样子，二姐很失望，气鼓鼓地走了。

大姐默默拾起来，后来，她一直保存着这张残破的照片，当年离开家去台湾的时候，就带在身上。

当岁月走过 70 载，已经进入耄耋之年的老姐妹们忽然收到远在美国纽约的大姐从大洋彼岸寄来的一封邮件，打开一看，居然是翻拍的那张残缺的照片。

过去岁月中的模样，不管当时自己觉得有多丑，返回去再看，也会感觉那个时候的自己原来那么好看。

撕照片是小孩子做的事情，张兆和手中捧着少了自己脸部图像的残缺照片，为自己童年时代的自尊忍不住露出浅笑。至于自己这张照片究竟有多丑，其实她已然都不记得了。

第二章

少女篇

父亲创办的乐益女中

办学校一直是张冀牖的一个梦想。

这个梦想是有传承的，当年，他的祖父张树声晚年便崇尚办学，曾在广东建起培养军事科技人员的广东西学馆，后来改名叫实学馆。

张家人心中的教育梦终于被张冀牖实现了，1921 年，张冀牖在苏州市古城区憩桥巷租下了几间房屋，决定创办苏州私立乐益女子中学。

憩桥巷，名字古雅，这名字的出处本来也有一个古老的历史传说做支撑。传说遥远的春秋时代，这个地方有一座桥，吴王率军出征，曾经在这里憩息过，那桥便被后人更名为憩桥。后来，经历了无数岁月，沧海桑田，连桥也不存在了，那个地方变成了一条三米宽的小巷，巷子就借用憩桥的名字，改为憩桥巷。

张冀牖最初看这个地方的时候，是妻子陆英陪伴他一起到这里来的。这里闹中取静，一进巷子，扑面而来的是古典文化的浓郁气息。整条巷子都是古旧的老式宅院，许多老宅都有砖刻门楣、门联，"邀月""听涛""酒醉琴为枕，诗狂石作床"等词句诗情画意，古韵悠悠。

这个地方的不远处，就是著名的紫阳书院。这个书院让张冀牖倍感亲切。最初紫阳书院是康熙皇帝倡导兴建的，不过这座书院从建成那天起就多灾多难，咸丰十年毁于兵乱，重建之后，又毁于一场大火。张冀牖的祖父张树声任江苏巡抚后，重建了紫阳书院。

张冀牖特意绕到了紫阳书院。他伫立在书院门外，抚摸着门前祖父立的那块石碑，不由得感慨万千。或许就是因为这个地方距离祖父重建的紫阳书院很近，张冀牖把自己创办的第一所学校的校址，选在了这里。

陆英很支持丈夫的事业，她变卖了部分家产，决定独资创办一所学校。学校初步定位为女校，把第一所学校办成女校，他们夫妻是用心思考过的。他们有四个女儿，张冀牖想让女儿们走进校园，过真正的校园生活。另外，这也与辛亥革命后的教育状况有关，社会上兴起了创办女校的热潮。民国时代的新女性已经开始觉醒，裹小脚的女人们突然要求女权了，她们起来闹革命，开始抛头露面进入新生活，社会上已经发现了女子教育的重要性。开放富庶的苏州，是女子教育的先进地区，许多女子学校在那里落地开花。据一份民国年间的资料显示，到1913年，苏州已经有了16家女校。张冀牖有创办这所学校的想法已是1921年，那个时候的苏州，应当有更多的女校了。

张冀牖也要跻身其中，他要办一所与众不同的女子中学。

创办学校，先要给学校取一个好名字，张冀牖给学校取的名字是乐益女子中学。

按照书面上的意思，可以解释成乐观进取，裨益社会，也就是说，张冀牖创办这所学校要"以适应社会之需要，而为求高等教育之阶梯"。

有人说，乐益这两个字，还有另外一层意思。陆英的名字用苏州话来叫，便有些接近乐益的谐音，不过，这只是人们的猜测，张冀牖自己从来没有这样解释过。

租下做校舍的房子其实并不是很大，这个巷子也没有太大的房子。房子的租金还算公道，比他们预期的还要低廉一些。至于房租为什么低廉的原因他们没有细想，后来才得知，这所宅子几年前出过一起凶杀案。但是张冀牖不迷信，不觉得这是什么凶宅。

陆英比丈夫要迷信一些，她听说这是一所凶宅的时候，曾经有过一个闪念，暗想，租下这样的宅子会不会阴气太重？但是看张冀牖不在乎，她便也没有多说什么。

事实上，她在皇废基置办的一块土地和那个租下的宅院一样，迷信地说也是个阴气很重的地方。皇废基最早的时候是后吴王张士诚的宫殿所在地，不过到了明朝末年，皇废基变成了不折不扣的废基，那个地方成了杀戮场地。到了清朝，彻底沦为行刑地，刑场四周是乱坟岗。不过，陆英买下这块地的时候，已是一大片桑树林，看不出历史上苍凉的痕迹。

不知出于什么原因，陆英租下的房子，购买的 20 多亩土地，都是这样的地方。想来那个时候张家的经济已不能与在合肥时相比，办学校是要花费许多钱的，这不得不让这个大家庭伤筋动骨。这种不讨喜的地方，租或买，价格肯定要便宜得多。

陆英帮助丈夫忙忙碌碌地创办学校的同时，并没有耽误料理家庭事务，更没有耽误生儿育女。那时候，她肚子里怀着他们的第十四个孩子，前面的十三胎活下来九个，四个女儿五个儿子。但陆英并没有把注意力集中在自己的身体上，而是全身心忙着办学的事。

学校是在教育部正式备案，在教育厅立案的，虽然是一家私立女校，却是正规办学。1921 年 9 月 12 日，学校正式开学，第一批学生并不多，仅 23 人，只开了一个初中一年级班。

学校的课程开了国文、数学、自然科学、历史、地理、政治、英语等，具有雄厚的师资力量。这样一来，学校的老师并不比学生少，而学生中还有一部分是贫困免费生，即使后来学校规模大了，在校生也不过八十多人，所以这所学校是赔钱的。也就是说，张冀牗办学校不但不赚钱，还要赔上不少。

赔钱赚吆喝的买卖在许多人看来都觉得可笑，最不理解张冀牗的是远在家乡合肥的本族亲友们。张冀牗从合肥搬出来有些年头了，他们没见到他挣钱，只见他花钱了。他变卖了老家的田地房产在苏州办学，办来办去却是做的赔钱生意。他们不满，非常生气，有亲友直接说他是败家子，拿着家乡的钱财到苏州培养外乡人，脑子不灵活。

张冀牗也觉得自己脑子不很灵活，按理说学校应当吸收自家的女儿们来上学，可夫人陆英却不同意。她严格按照婆母在世时制订的规矩，不让几个女儿到学堂上学，她也像婆母一样觉得真正的大家闺秀不适合抛头露面去学堂上大课，精致的教育才能培养出精致的大家闺秀。

学校顺利开学了，陆英和丈夫一样心情放松了许多。本来就怀有身孕，长久的奔波让她身体有些吃不消了，先是患上了牙痛的毛病，后来发展成牙疮，有时候痛得饭吃不下，水喝不下。

陆英曾在苏州的医院看过，并不见效，亲友们建议她去上海的大医院诊治。

陆英采纳了亲友们的意见。她心里着急，想早些治好，家中繁重的家务还要靠她支撑。

陆英喜欢穿淡雅素净的衣衫，平日在家的时候为了方便，她穿裤装，出门的时候一律是裙装。不论是裙装还是裤装，都做工精致讲究，由上海的高级裁缝裁剪制作。去上海看牙病，她也是认真装扮一番。这是大家闺秀的规矩，但凡走出家门，必须温婉雅致，大方体面。女人的容颜和装扮代表的不仅仅是她自己的风采，也是一个家族的脸面。

在上海看了西医，西医诊断，陆英的那颗病牙必须拔掉，否则后果会很严重。已经前前后后看了无数医生，她觉得上海大医院牙医的话是应当听的，那看上去闪闪发光的各种新式西医医疗设备，让人心理上感觉踏实得多。她没有犹豫，那一次，便把病牙彻底拔掉了。

她以为从此便去除了病灶，一切会好起来。

拔完牙，没过多停留，她便坐火车由上海回到苏州。

乐益女中开学后，依然有许多事务要做，张冀牖的心情才轻松了几天，便又投入到学校的工作中。他也以为，陆英的牙齿在上海诊治过了，应当很快就康复了。

9 月的江南依然是热，陆英大腹便便从上海回到苏州，就感觉浑身燥热，本来怀孕的人身体就容易热，她便没认为不正常。燥热了一个晚上，第二天不热了，却觉得浑身发冷，冷得发抖。

她身边的保姆看她脸色通红，半个脸都肿起来了，摸摸她的头，滚烫滚烫，保姆告诉她，她发烧得很厉害。

病牙都拔掉了，为什么还发烧啊。也许，把毒火烧出去，过上一两天就好了。陆英寄希望于这次发烧过后，自己的牙病就彻底痊愈。

两天后，她的发烧越来越严重，不但拔掉牙齿的部位越来越痛，整个口腔，整个头部都疼痛难忍，牙部的感染已经趋于恶化。请来的医生说，毒素已经深入到血液中，特别是她还怀着九个月的身孕，这样，她会有生命危险。

张家从苏州最好的医院请来了妇产科西医，为陆英实施引产手术。按照西医的说法，这个引产下来的孩子还是有活下来的希望的。

听说引产后肚子里的孩子有望活下来，陆英同意引产，她不想让这个即将出生的小生命无辜地死去。引产手术很顺利，产下了一个女孩，她确实还活着，只是很虚弱。

大家都忙着关注刚刚做了引产手术的陆英，没人顾得上虚弱的小女婴。大姐元和、二姐允和以及她们的小伙伴保姆家的女儿，自发担当起照顾小妹妹的责任。这几个小女孩毕竟太小，面对这样一个虚弱的小生命束手无策。小女婴生下来四五天了，水米未进，几个小女孩试图喂她吃些什么，却喂不进，她哭泣的声音极其微弱。后来，小婴儿的嘴里喷出鲜血来，女孩们没见过这场面，都吓坏了，她们慌慌张张叫来守在母亲身边的几个保姆。

保姆们赶来的时候，小女婴已经闭上了眼睛，脸色苍白，但是还有一丝气息。保姆们凭着她们的经验觉得，这个孩子虽然还有口气，但已经没有活过来的希望了，便要抱着她扔到垃圾堆里。几个小女孩拦着不让扔，她们哭叫着"小妹"，想把小妹抱回来，保姆们叹息说："已经活不成了，抱回也没用了。"

孩子们眼睁睁地看着自己的小妹妹死去，这个小五妹还没有自己的名字，如果祖母活着，她一定不会让孙女就这样夭折的。当年二小姐允和出生的时候都已经那样严重了，还被救了过来。如果这个小婴儿活着，这第五朵金花一定不比四个姐姐差。

听说刚出生的小女儿已经不在人世了，病入膏肓的陆英流下了眼泪，她已无力大声号哭。她让保姆把自己的私房钱拿到床边，将几个孩子的保姆都叫到床前，分给她们每人200大洋，她是在托孤。她含着眼泪告诉保姆们：拜托你们帮我把孩子们带大，我无缘陪着我的孩子成长了，你们代替我陪伴他们长大吧。后来，这些保姆按照女主人的临终嘱托，把每个孩子都带到了18岁。

嘱咐完保姆，她又把孩子们叫到床前一一叮嘱，最大的元和刚刚十五岁，最小的小五哥张寰和也才一岁多，这里面，还少了四小姐张充和，她还在遥远的家乡合肥跟着叔祖母生活。此时，陆英最牵挂的，就是这个不在身边的女儿。

孩子们围在奄奄一息的母亲身边哭作一团，张冀牗抱着头缩在墙角，呆呆地看着眼前的一切。妻子的生命之灯即将熄灭，他不知道没有了这个能干的女人，这个家，这九个儿女，他该怎样去料理照顾。

陆英终究是去了，在依然青春、依然美丽的年华。远在合肥的张充和接到丧讯懵懵懂懂，她还不理解这丧讯意味着她再也看不到母亲了。

办完丧事已是深秋，少了母亲的庭院空空荡荡、冷冷清清。

孩子们都为母亲穿上了孝衣服丧，女儿们的孝服是灰色半长棉衫，黑裤子，灰黑色的棉鞋，就是穿着这身孝服，她们曾经在后花园的假山边照过一张合影。照片上，那些失去了母亲的孩子们一脸肃然，童稚的脸上罩着与她们年龄不相符的愁容。

母亲不在了，在这个院子里也难安心读书，张冀牖第一次让女儿们走出家门到外面上学。

张元和先是去了苏州女子职业学校读书，两年后转入父亲创办的乐益女中，张允和与张兆和则直接进入乐益女中，几年后，张充和也回到苏州，和姐姐们一起成为乐益女中的学生。

一年后，她们的父亲续娶了韦均一做妻子，于是，她们有了继母。

这个继母只比元和大七岁，是一位医生的女儿，在上海爱国女校读过文科，被聘到乐益女中当教员，年轻女教员和校长之间的爱情，便显得多了几分浪漫。虽然张冀牖不是浪漫的人，但娶了小自己十岁的才女做第二任太太，便要或真或假为新太太做出几分浪漫。这个太太比第一任要任性得多，他必须顺着她。

新太太韦均一过门后，立即由乐益女中的教员荣升为校长。

新校长韦均一不喜欢学校在憩桥巷的校址，这里发生过凶杀案，不吉利。她和张冀牖商量搬迁，张冀牖同意了。于是，学校从憩桥巷搬迁到宋衙弄，那里离章太炎故居章园不远。

学校的这次搬迁显得很仓促，有人觉得，这次搬家是因为张冀牖新娶了第二任妻子，他想有一个新的开始，便搬离了过去的地方。

一边忙着学校搬迁，张冀牖一边着手建设属于自己的新校舍，租的地方毕竟太窄了，容不下太多的班级，不适合做校舍，要想办一所像模像样的学校，硬件设施建设势在必行。新校舍就建在陆英购买的位于皇废基的那 20 亩地上。

张冀牖亲自督导新校园的建设，他几乎是不计成本，不计代价，把家中的钱财都投入到了这所学校中。校园的建筑风格亦中亦洋，学校的大门是拱门，罗马立柱式建筑，门楼高高的，上面有精美的西洋浮雕，最奇特的是门楼的中间还有一个大五角星，当时雕刻上这个五角星不知道是什么寓意。人世间五角星的最初含义，是巫术中的五角形护身符，这所建在杀戮场和乱坟岗上的学校，用一个护身符或许也有些道理。

大门口的"乐益女子中学校"几个字却不大，隽秀低调，如同一个羞怯的女子。

学校有 40 多间宿舍和教室，图书馆以及休闲凉亭都是很有韵味的建筑，因为江南阴天多雨的特色，还专门建了晴雨操场。凉亭四周，种植了垂柳，移栽了白梅。那些梅花不是自己培养栽种，而是从别人花园里高价买的成年树。张冀牗喜欢梅花，他要在自己的校园遍种梅花。校园里最显眼的是一棵雪松，那棵松树种在校园中央，很惹眼，张冀牗的用意大约是想让这所学校的女生都要像雪松一样的坚韧、顽强，有生命力。

谁都不敢相信，仅仅用了一年多时间，在那片乱坟岗上，一所风景优美、各种教学设施齐备的新式女校建成了。

1923 年，乐益女中正式搬迁到皇废基南面的新校园。中式的花园、西式的教学楼吸引了许多当时的知名教师前来，教育界知名人士马相伯、张一麐、吴研因、沈百英、陶行知、龚鼎、杨卫玉、王季玉等都在这里教过课，张一麐还担任校董事会的董事长。优美的教学环境，优秀的师资力量，优惠的读书条件，吸引了更多的学生到这里就读。

张家四姐妹都成为自家学校的学生，她们俏丽的身姿、阳光的笑脸、灿烂的笑声为这所学校增添了风采，那里，是女孩子们自由的乐园。姐妹们记得，她们课余时间常去的那个凉亭旁，春季开满白梅，夏季绿柳轻拂，在那里，她们下棋，嬉戏玩耍的身影，被时光曝光成像，永远存留在乐益女中的历史深处。

为这所学校，张冀牗陆续投资 25 万元。他很固执，坚持独资办校，不接受外界捐款。

乐益女中的校歌是张冀牖亲自写的：

> 乐土是吴中，开化早，文明隆。
>
> 泰伯虞仲，孝友仁让，化俗久成风。
>
> 宅校斯土，讲肄弦咏，多士乐融融。
>
> 愿吾同校，益人益己，与世近大同。

歌词把乐益巧妙地嵌在里面，会唱这首校歌的女学生们都已经走远了，但是乐益女中校刊 1932 年毕业班纪念刊上，刊登了张冀牖自撰的这首校歌，把它完好地保存了下来。

行走在校园里的，有富家的千金小姐，也有贫寒人家的女孩。学校每年都有招收十分之一免费学生的指标，一些天资聪慧家境贫寒的女孩，因为成绩优异，也可以免费到这里进行深造。这里的女学生剪着齐耳短发，穿着整洁的校服，青春而阳光，俊秀而飒爽，乐益女校成为名副其实的新式中华女校。

学校在当时的政治风云下，经历了几度风雨。1924 年，曾因为江浙军阀混战，学校暂时迁到上海宝山路宝通里上课。一年后，学校又迁回乐益女校校园，这时多了位名叫侯绍裘的年轻教务主任兼国文教师。

此时，张冀牖不知道这个思想新潮、工作能力极强的年轻人是共产党员。

然而，就是这个年轻的共产党员，在苏州建立了中共地方组织。很快，中共苏州独立支部在乐益女中正式建立，这是苏州第一个中国共产党的组织。乐益女中成为共产党人聚集的地方，这里的许多教师、许多学生，都是共产党人。

张冀牖默认这些共产党人在自己的学校里活动，他表面上是一个儒雅文弱的书生，骨子里也有着自己独立的思想。当年，五四运动风起云涌，在新思潮的影响下，他就写过一首白话诗：

> 一间黑屋子，
>
> 这里面，伸手不见五指。
>
> 一直关闭了几千年，
>
> 在懵懵懂懂中，生生死死。
>
> 呀！前面渐渐光明起来，
>
> 原来门渐渐开了；
>
> ——刚宽一指。
>
> 齐心！协力！
>
> 大家跑出这黑屋子。
>
> 不要怕门开得窄，
>
> 这光明已透进黑屋里。
>
> 离开黑暗，向前去吧，
>
> 决心要走到光明里。

1932 年，这首诗刊登在乐益女中的校刊上，只是那时候，侯绍裘等一些共产党员已经惨遭国民党杀害。张冀牖无力挽救他们的生命，只能默默提供一些尽可能的帮助。

张冀牖不是搞政治的人，他想尽自己的微薄之力用教育兴邦。除了这所乐益女中，他还在三多巷租屋创办过一所男子中学，那所男子中学的名字叫平林中学。遗憾的是，那所男校没办多长时间就关掉了，他便把所有精力都投到乐益女中。

张冀牖一生留下的照片不多，他有一张照片是在乐益女中照的。照片中的张冀牖已经人到中年，没了少年时代的英俊之气，却依然儒雅谦和。他一手抚乐益女中的校旗，一手拎礼帽，目光透过镜片平视远方。他的理想就是把这所女校越办越好。

然而，1937 年，日军攻陷苏州。在战火中，张冀牖不得不关掉乐益女中，带着第二任妻子和几个幼小的孩子，回到故乡安徽合肥。

他想等待战争结束再重新办学，但一年后，却病逝于合肥西乡。

那年，张冀牖49 岁，许多梦想还没实现，膝下许多孩子还没成家立业。他非常不甘地随他的第一任太太陆英去了。第二任太太韦均一留在遥远陌生的合肥老家，生活的重担开始落到这个文弱的女人身上。

"大夏皇后" 张元和

张元和作为家中的长女，地位永远优于所有的弟弟妹妹。

这地位不是她自己树立的，也不是父母为她树立的，从她一出生，祖母便无比宠爱下一代的这第一个孩子。因为这个孩子的出世，她得以升格当了祖母，她对长孙女的事情逐一过问。老太太在乎的人，家里从上到下，哪一个敢不挂心啊，于是，元和至高无上的地位便确立起来了。

在四姐妹中，元和吃奶的时间最长，她一直吃到了五岁。那时候，她们大约还住在麦根路麦根里，房子并不宽绰，断奶后便搬到二楼与祖母同住，她是唯一和祖母同住的孩子。她的早餐都和别人的不一样，别人都吃大锅饭，她和祖母吃小灶，她们的早餐比家里其他人都丰盛得多，面点好几样，配菜经常是火腿、瘦肉、鸡鸭肉、香肠、咸鸭肫等，允和与兆和是吃不上这些的。

受一家人宠爱的孩子，玩具当然也是最多的最好的。她的玩具都在祖母的房间内，别的孩子想抢着玩都抢不到。这样优越的生长环境，让张元和的性格中保留了更多传统大家闺秀的气质，她不屑于也不懂得与别人争什么。小时候，所有的人都让着她，长大后，没人再让着她了，但她已经形成了不争不抢的个性。

祖母去世了，元和落寞了很长时间，好在还有父母的宠爱。

后来，母亲又去世了，父亲娶回了仅比自己大七岁的小后妈，她的心骤然变得空落落。

后妈不过二十多岁，还像个孩子一般任性，可是他们姐弟九个更是孩子。元和不与后妈争什么，妹妹弟弟们也不和后妈争什么。他们已经失去了母爱，和谁争也找不回。

母亲去世后，父亲在乐益女中建筑工地的西面向南，盖了上下五间的楼房。这座建筑与乐益女中相比，显得有些不讲究，这套房子是作为自家的住宅而修建的，大门设在九如巷，门牌号是九如巷3号。房子建成后，他们的家由寿宁弄搬到了这里。

过去家中的私塾解散了，孩子们还要接着读书，元和进入苏州女子职业学校，这是她第一次走出家门到外面的学校上学。两年之后，父亲创办的乐益女中迁入新校区，元和与妹妹们一起走进这个校园读高中。

战争年代容不下学生的一张课桌，乐益女中在风雨飘摇中搬迁了一部分班级，高中部被迫停办。那时候，张元和正在乐益女中读高中，只好转学到南京的江苏省第一女子师范学校，插班读高二。

第一女子师范学校位于马府街，校长是著名的南社女杰张默君。张默君不仅仅是一位才女，还是清末民初的著名民主革命家、妇女运动先驱和教育家，她当校长的师范学校以"真善美"为校训，学校的风气和教学质量在全国都首屈一指。

这位女校长并不亲自给学生上课，但是，从这里走出的每一位学生都或多或少受到她的影响，张元和也不例外。一个人青春时代形成的思想和观念，往往会影响其一生，女权运动倡导人张默君自尊自立自主自强的思想，毫无疑问也会影响到十六七岁的张元和。

张元和一生中，对她影响最大的老师还不是张默君，而是亦师亦友的凌海霞。

张元和与凌海霞，这两个民国女子的交往是一段传奇。

凌海霞也是大家闺秀，她的家乡在海门，父亲凌见之是当地绅士。这位凌家小姐很奇异，九岁还不会说话，每天躲在后花园的白梅树下，或者阁楼上看书。因为她连话都不会说，所以，她手捧线装书埋头苦读的样子，让大家都不解，一个哑巴能识字并看懂书里写的是什么？在人们质疑的目光中，她依然不放下书本，直到有一天，她突然大声地把书中的文字读了出来——这令所有人都惊呆了，她原来会说话，不聋也不哑。

"哑巴"说了话，却没有急于去学校读书。十六岁那年，别的女孩子差不多都出嫁了，她却提出要去上学，于是十六岁的凌小姐成了小学一年级学生。不过，她这个大龄小学生只上了两年小学，便学完全部课程。后来，她到师范学校、上海启明女校，以及大夏大学读书的时候，年龄上已经不再特殊了。

张冀牖的乐益女中招教职员工，凌海霞来这里应聘，成为乐益女中的舍监。

在这里，张元和与凌海霞开始有了人生的交集。

凌海霞在乐益女中做舍监的时候，张家的女儿除了还在老家合肥的充和，其余都在这个校园读书。三个豆蔻年华的少女，一个比一个美丽可爱，她们三个中最惹眼的是大小姐元和，那年，她已经十五六岁了，有了些女孩子的妩媚。张家有女初长成，不但男教师们欣赏，女教师也喜欢这三姐妹。

凌海霞最欣赏的便是大小姐张元和，她比自己小十五岁，可以当作小女生进行管理，也可以当作小妹妹谈心。那时候的张元和失去了祖母，又失去了母亲，父亲刚娶回小后妈韦均一，元和与后妈之间的关系，像大多数孩子和继母之间一样，永远是疙疙瘩瘩的。她的心中充满凄凉和忧愁，凌海霞适时送来的关爱，让她顿时有了温暖的感觉。每一个失去母爱的人都是向暖性的，他们渴望一份温情，张元和从此便和凌海霞走得很近。

凌海霞认张元和做了干妹，还顺理成章把自己的家人也介绍给张元和认识，她的兄长凌宴池自然也就成了张元和的干兄。

凌海霞对于张元和，既像姐姐，又像母亲。韦均一没做到的，她做到了，这就显得有些抢了韦均一的风头。韦均一自己还没觉察到有什么不妥，乐益的其他老师首先替她打抱不平了，他们觉得凌海霞这个人怪怪的，有些不正常。于是，无数个关于凌海霞的小报告打到了韦均一那里。

韦均一本来就对这个做舍监的大龄女子有成见，现在，一下子上来这么多关于凌海霞的负面报告，她明目张胆支持元和与自己这个继母作对，让她们之间的关系进一步僵化，这个女人还能继续聘用吗？

韦均一在下一个学年没有续聘凌海霞。

凌海霞走了，当时对张元和的影响倒不是很大，因为她很快就转学到南京的江苏省第一女子师范学校读书了。从师范学院毕业后，她继续到上海大夏大学文学院深造，在那里，非常有缘地又遇上了凌海霞。

凌海霞在大夏大学任女生指导，正好可以照顾元和的生活。在上海举目无亲的元和，又寻找到母亲般的温情和姐姐般的体贴。

大夏大学，它的创办虽然有些仓促，但是，师资力量和教学水平却是一流的。因为学潮，1924 年厦门大学的部分师生离开本部，到上海创办了这所综合性私立大学，校名的本意是"厦大"的颠倒。

刚刚在上海创办的时候，大夏大学连固定校址都没有，教室也是临时租来的。后来，随着学生越来越多，租的房子太小，容不下那么多人，便开始集资建校舍。大夏的建设是大手笔，比张冀牖建乐益女中的手笔大多了，张冀牖坚持只用自己的那点家底发展教育，无形中限制了自己的发展。大夏获得资金的渠道很多，许多上海滩的大人物都注入了资金。最终，在现华东师范大学中山北路那个地方，建成了占地 300 余亩的现代校舍。在当时来看，这所校园是非常前卫的，校园中那座取名为群贤堂的教学大楼建筑宏伟，除了教学楼、理科实验室、图书馆、教职员宿舍、男女生宿舍、饭厅、浴室、大礼堂这些一般院校必备的设施，这里还有体育馆、医疗室、疗养院，校园中还有一条美丽的小河缓缓流淌。最初来大夏上学的学生是因为这里的教学质量好，后来有一些学生是冲着这优美的校园环境而来。

且不说大夏的校董阵容，仅看教授队伍就知道这里的教学质量是什么水平的。那时候，马君武、何昌寿、邵力子、郭沫若、田汉、何炳松、李石岑、朱经农、程湘帆等都在这里教学，他们都是文化精英级别的人物。有这种顶级教职工团队组合支撑，大夏盛况空前。

张元和在大夏读书时，正是这所院校最鼎盛的时期。她刚入学时，在校的学生已经千人左右了，这么多的学生，靠租房上课显然是不行的，因此，新校区正在加紧建设中。张元和赶上了学校搬迁到新校园，见证了大夏最辉煌的历史时刻。

在大夏大学文学院学习的那段时光，是她一生中最幸福、最无忧无虑、最美的回忆。

她是大夏校园里不折不扣的校花，尽管紧凑的课程把课上、课余时间都塞得满满的，但她永远是校园内一道美丽的风景，仿佛刚从三月的花期中醒来。与那些爱说爱笑的女孩子相比，她喜欢浅笑，让自己优雅成一段被轻放的时光，但是她的笑是有温度的，温柔可人，分寸把握得恰到好处。

她是男同学心目中的女神，她的一颦一笑，她的典雅秀美，都令男生们迷恋。他们私下封她为"大夏皇后"，许多男生是她的追求者和暗恋者。

元和的心思却不在男孩们身上，她并未在意那些追随她的目光，当时她正一心一意热恋着昆曲这门艺术，根本顾不上打量哪个男孩暗恋着自己。

张元和的性格原本是文静的，这淑女般的文静却掩不住她对昆曲艺术的强烈追求。她对昆曲是痴迷的。

灯红酒绿的大上海，这座浮华忙乱的城市很容易让人迷失其中，特别是喜欢走出校园的美丽女孩。元和属于经常走出校园的女孩，她走出校园，却不是迷恋上这里的时尚。她是个有定力的大家闺秀，能守住自己浅浅的一颗心，吸引她的是这里的大剧场每天都上演的最经典的昆曲。

张元和喜欢昆曲得益于母亲，她们家刚从合肥搬到上海的时候，母亲陆英的最大乐趣就是可以到上海最大的戏院看昆曲。陆英对婆婆几乎是言听计从，唯有在去戏院看昆曲这个问题上，她坚持自我。大老太活着的时候，不喜欢听戏，她觉得听戏属于不务正业游手好闲，特别是女人更不该跑到戏院里去。不过，对于儿媳妇她没有办法，陆英到上海大戏院带着女儿们去看戏，都有保姆打掩护。保姆们从来不说太太出去看戏了，大老太也只好睁一眼闭一眼。

张家的几个小姐从小跟着母亲到戏院看昆曲，那时候，她们还看不懂，只是凑个热闹而已，耳濡目染，便熏陶出了几分味道。

后来，父亲张冀牖鼓励女儿们学昆曲，还请来最专业的老师辅导，算是把几个女儿身上喜欢昆曲的基因彻底激活了。

这次回到上海，元和重温童年的旧梦，再次走进上海大剧院看了好几场昆曲。她原是想找回母亲带自己看戏的旧时记忆，可舞台上那精湛的艺术表演彻底吸引了她。这里的昆曲艺术水平是最高的，在这里，元和再次邂逅昆曲，那清丽高雅的艺术气质，让她恍悟现在理解的昆曲和童年、少年时代的理解不一样了。童年看的是热闹，少女时代半是喜好半是好玩，现在她是大学生了，能真正感受到昆曲的艺术魅力了。那清丽娇美的雅音，正契合了她的某种心境，她如醉如痴，随着节拍，默默跟着哼唱。自从母亲过世之后，她和妹妹们没了唱昆曲的心境，而现在，她突然间找回了那份感觉。

那时节，上海最火的剧院是"大世界"。那里是海派文化的集散地，经常会上演新的剧目，这个娱乐综合体里面有许多小型戏台，还有露天空中环游飞船、电影院、商场、小吃摊和中西餐馆等。这种综合游乐场可以吸引各个层次的人到这里游玩看戏。京剧名角梅兰芳、孟小冬是"大世界"的签约艺人，还有一些昆曲名伶活跃在这里的舞台，比如，从苏州走出去的顾传玠便是这里的常客。

开始，张元和是一个人周末悄悄溜出来看戏。后来，昆曲戏迷的阵容越来越强大，又有三个女同学也加入到周末去看戏的团队中。

大夏这四个喜欢昆曲的女生，都是校园里比较惹眼的女孩。事实上，喜欢昆曲的女子都有一种骨子里透出的优雅和不食人间烟火的脱俗之态，她们一个个纯净秀美。每个周末，在元和的带领下，这个昆曲小团队在男生们爱慕的目光和女生们的羡慕嫉妒中，飘逸婀娜地走出校园，直奔"大世界"。

这四个女生结成死党，自称为"四大金刚"。

"四大金刚"这个词语用到她们身上，其实并不合适，这些柔弱的大家闺秀，无论如何也与金刚不沾边。不过，她们痴迷昆曲的那股劲儿，倒真有些昆曲护法神的感觉。

尽管她们每一个女孩都是娇娇柔柔的，但这些千娇百媚集合到一起却糅出带着青春气息，甚至有几分江湖义气的阳刚来。她们携手穿过弄堂，走过街道，奔向位于市中心的"大世界"剧院。

到了晚上，"大世界"最为热闹，霓虹闪烁，人头攒动，才能真正体现灯红酒绿、纸醉金迷、歌舞升平，夜玫瑰般的大上海韵味。然而，元和与另外三位女生喜欢在周末看日场演出。一方面为了方便和安全，因为那时的上海"大世界"是流氓横行之地，几个女孩子，身边没有"护花使者"，夜间到校园外面去确实不安全；另一方面，学校有规定，即使在周末，学生也必须在晚饭前返校，晚上的晚自习是必须上的。大夏的校规很严，何况，元和还有亦师亦友、亦姐亦母的女生指导凌海霞监督着。不过，凌海霞没监督她一年半载就回老家海门办学去了。没了凌海霞的监督，元和照样按时归校。

后来，张家二小姐张允和也到上海读大学了，允和就读的学校是上海光华大学。允和一到上海，就加入到了姐姐和她的女同学们组成的昆曲小团队中，和她们一起去"大世界"欣赏昆曲。

活跃在上海"大世界"的顾传玠也是她们喜欢的角儿。

顾传玠是昆曲小生，从苏州走出来的昆曲名角，在当时的上海滩号称"第一小生"。他年少俊朗，扮相清秀，唱腔清丽委婉，红遍江南。元和与另外几个女同学都是顾传玠的忠实追随者。

这些喜欢昆曲的女学生除了组团去看戏，课余时间也自己做票友，经常排练些经典的昆曲片段。她们最喜欢的是《牡丹亭·拾画叫画》，为了学好这段戏，还专门请光华大学的童伯章教授教她们这个桥段。

跟教授学了几次，总感觉哪儿还是不对劲儿，她们没看过舞台上专业演员演出这一段时是什么样子，就想认真观摩一次，看看舞台上的《拾画叫画》那一招一式究竟怎样表演。

"大世界"正在上演《牡丹亭》，只是没演过《拾画叫画》那个段子。顾传玠在戏中扮演柳梦梅，演得十分传神。几个女同学便商量，若不，给顾传玠写封信，请他在舞台上表演一回《拾画叫画》？

那封信是几个女孩子合写的，你一言我一语，你凑几行，我补几句，信写得有些冒失。毕竟顾传玠也是个大家，她们心怀忐忑地把那封信寄出去，并没有抱多大希望。

信寄出去了些日子，没有任何回音。她们以为没有什么希望了，顾传玠这样的名角忙着呢，哪有时间搭理一封普普通通的观众来信呢。

又过了一段时间，当女孩子们渐渐要把那封信忘掉的时候，顾传玠居然回信了，他答应在"大世界"表演《拾画叫画》，还确定了演出时间，邀请这几个戏迷准时去看戏。

演出那天，这几个女学生都打扮得十分漂亮，她们按捺不住内心的兴奋，相约提前到剧场去看戏。因为那一次演出是夜场，她们还特邀了几位可靠的男生做保镖。那场戏虽然是她们点的，但不是为她们专场演出。那场戏的观众似乎比往日都多，许多观众也都喜欢《拾画叫画》，好不容易演出一场，观众席爆满。

那天，顾传玠在舞台上演得婉转悠扬，舞台下元和与允和以及几个女同学看得如醉如痴。那一次演出后，顾传玠在元和心中的感觉与过去有些不同了，她感觉自己有些喜欢上了舞台上那个英俊的小生。

一晃，张元和大学毕业了。

自上海大夏文学院毕业后，父亲是希望她回苏州帮着乐益女中做事。一想到继母韦均一和自己疙疙瘩瘩的关系，元和便不想回到苏州，就找了一个冠冕堂皇的借口，到北京读燕京大学研究院。凌海霞的兄嫂凌宴池夫妇就住在北京，按照元和是凌海霞干妹这层关系，凌宴池夫妇就是元和的干兄嫂，所以，她便住进了干兄嫂凌宴池夫妇家。

事实上，张元和的研究生没有读多久，张冀牖还是不放心女儿一个人在外面，他一心想让她回乐益女中。两难之时，凌海霞恰好也向她发出邀请，让她到海门任教员及教务主任。

张元和接受了凌海霞的邀请。

凌海霞在海门有两个职务，一个职务是县立女子初级中学校长，还有一个职务是海霞中小学校长。县立女子初级中学是海门教育局办的公立学校，招收全县女生。海霞中小学是凌海霞的父亲凌见之和哥哥凌宴池捐建的一所私立学校，一共 10 多个班级，还有部分寄宿生。凌海霞一个人管理两所学校，确实有些忙不过来，张元和的到来，帮了她很大的忙。

张元和到了海门后，虽然名义上是海霞学校的教务主任，却一直在县立女中任教。女儿在凌海霞的身边工作，张冀牖是比较放心的。

凌海霞对张元和的管理素来严格，到了海门后就更甚了。一般来讲，异性不能随便进入张元和的住处，如果哪个青年男子与张元和走近了，凌海霞立即便能发现端倪，并及时对男方进行调查摸底，就怕那些配不上张元和的獐头鼠目之辈玷污了她的纯洁。结果，弄得男人们都不敢接近张元和了。

这种严格的关心，阻挡住了张元和恋爱的步伐，也保全了她的清纯，这才有了后来她和顾传玠忠贞不贰的传奇爱情。

中国公学的黑白姐妹花

在张家姐妹中，允和与兆和是一对性格不同的姐妹花。

她们的年龄仅差一岁，小时候，她们是四姐妹中在一起时间最多的。大姐元和是祖母最宠爱的孩子，在家里受到的是公主般的待遇，不但不和她们一起吃一起住，也很少一起玩。四妹充和很小的时候就被合肥老家的叔祖母抱走了，到十六岁才正式回来。

在成长的过程中，更多的是允和与兆和在一起，她们经常一起被关在小屋坐禁闭，一起读书识字，一起做游戏，一起学昆曲，一起到外面上学。她们共同经历的，有成长的幸福甜蜜，也有成长的种种烦恼和忧愁。允和长得皮肤细白，天生娇气，却性格直率，嘴快手勤；兆和生来皮肤黝黑，性格厚道，顽皮得像个男孩子。她俩在一起，永远是拔尖的事归允和，扫尾的事归兆和。

姐妹俩吵吵闹闹酸酸甜甜的日子里，有她们特有的幸福快乐。直到母亲突然去世，这样的日子才戛然而止！而她们也骤然感觉自己长大了。

她们突然就不吵不闹了，母亲不在了，她们便要彼此疼爱呵护。何况父亲娶回年轻的继母后，很大一部分心思也都放到了娇弱的继母身上。

她们一起走进父亲办的乐益女子中学上学。在自家私塾读书多年的孩子，不懂得外面学堂的规矩，她们放了学不懂得要做老师留下的课外作业，结果一起留了一级。后来，她们又一起考进上海吴淞的中国公学。按照允和的说法，她们是"一同在学校疯玩，又一同哭着留级，真是有福同享、有难同当的患难姐妹。"

位于吴淞的中国公学最早是清政府兴办的，校址在风光旖旎的炮台湾。虽然办学历史并不久远，却是历经沧桑和周折，到了民国年间，这里拓展为一所综合性大学。

这所学校最与众不同的地方在于，报考这里不看文凭，看成绩。有没有高中文凭不重要，重要的是你的考试成绩够不够分数线。教学上也有许多很新奇的地方，比如，选修课科目很多，学生可以根据自己的爱好，选择自己喜欢的课程。不仅仅是上课自由，学术也自由，世界上最新的各种成熟不成熟的学说，都可以在这里讨论。

民国时期的那些新女性，都向往自由，她们喜欢这所学校的自由氛围，只是过去中国公学不招收女学生。学校刚刚放出消息要开始收女学生，张家的姐妹们闻讯就来了，她们先是读了一年中国公学预科，接着，允和与兆和凭着深厚的文化功底，毫不费劲就考上了这所学校。

她们一起成为中国公学的大一女生，而且是同班同学。

她们真的长大了，允和皮肤白皙，清瘦隽秀，一副金丝边眼镜衬出美丽中的斯文以及文化女性独有的温文尔雅，十足的大家闺秀派头。但是，只要她一张嘴说话，人们就会发现，这是个得理不饶人的女孩，她那嘴唇，辩论起来，一张一合，伶牙俐齿的，男孩们哪里说得过她呀。

兆和黝黑俏丽，透着青春健康的健美，她的美清丽而脱俗。高挺的鼻梁，稍尖的下巴，精致的五官以及光洁饱满的额头，所有的美丽集中到一起，便如同一尊立体感极强的唯美雕塑。最有动感的是她那一头齐耳秀发，随着她的每一个动作，那秀发总是配合得恰如其分。她不忸怩，不做作，阳光纯真。那个时候，男孩们的审美趋向已经发生了变化，像兆和这种类型的，正是他们最欣赏的。

学校以前不招女生，因此，招来的第一届女生在校园里便很是惹眼。因为这些小学妹的到来，从来缺少女性阴柔的校园顿时变得亢奋起来；一直充斥着清一色男学生而缺少浪漫的校园里，突然间多了些神秘气息。男生们青春的荷尔蒙终于找到关注点了，他们开始关注女生，特别是像张家姐妹这种大户人家出身的漂亮小姐，有才又有貌，同届的男同学聚焦她们，上几届的师兄们也把关注的目光投向这里。她们是众多男生的追捧对象，她们的天空总是晴朗的。

男生们追求女孩的方式不一样，成熟一些的会递上一张纸条大胆表白或者默默追求。青涩男孩喜欢的方式就不同了，有的在喜欢的女生面前很害羞，见到自己心仪的女孩子连话都说不利索，不过这样的男生基本上没有什么机会。有的会绞尽脑汁地捉弄他喜欢的那个女孩，故意气她，有时候会给她取一个绰号，有时候会拍拍她的头招惹一下，看到女孩气急败坏地流下眼泪，他会有一种成功的满足感——似乎只有这样，他喜欢的女孩才能深深记住他。

中国公学的男生们，有一些便喜欢捉弄女生，他们捉弄女生的手法都很笨拙，往往把事情搞得事与愿违，弄得女生很反感——她们根本就不知道这是他们对女孩有好感的一种表达方式。然而，张家的小姐都不怕捉弄，像允和那样的，嘴上功夫比男孩子还厉害，能活活把人家说死；像兆和那样的，有些孤傲，还有些男孩子般的大大咧咧，她曾在体育课上夺得女子全能第一名，遇上这样的女生，还不知道谁捉弄谁呢。

兆和做什么事都认真，这是从小养成的习惯，连上体育课都一丝不苟，否则，她怎么能得女子全能第一名呢。允和的体育课成绩当然比兆和差远了，不仅仅是体育课，别的课程也比不过三妹。但是，允和比兆和会写作文。

大一的语文老师姓李，扬州人，和张家小姐的母亲陆英是同乡。上大一没多久，李老师出过一个作文题《落花时节》。这个题目对于允和来说不是问题，她使出自己长于抒情的看家本领，把这篇作文写成了一篇优美的抒情散文：

> 落花时节，是最好的季节。秋高气爽，是成熟的季节、丰收的季节，也正是青年人发奋读书的好时候。伤春悲秋，是闺中怨妇的事，我生长在一个开明、快乐的家庭，又自认为是"五四"以后的新女性，我为什么要愁？要悲……

在文章中，允和不像别的小女生那样写伤春的闺中愁情，也不像多愁善感的男生那样写悲秋的伤感，她文字中的开朗大气与众不同。

允和是个非常有主见的女孩，她怎么想就怎么写，并不是为了哗众取宠。写完了便把作文卷子交给老师。可是，等到再发作文卷子时，全班的卷子都发下来了，唯独没有允和的。她心里无比忐忑，自己的作文出什么问题了吗？在里面也没有写什么过分的观点和词句啊，或者，是老师判作业的时候把卷子遗落在哪儿了。

一个班那么多人，没人留意缺了一个人的作业，允和忍着没作声。

忍了一堂课，这种忍耐对于急性子的允和来讲，简直就是一种折磨。好不容易挨到下课，她匆匆跟在老师后面，问李老师："老师，我的作文卷子呢？"

李老师显得神秘兮兮的，用他那悠扬的扬州话拉着长音小声说："莫慌，莫慌，跟我来。"

允和不明白这还有什么慌不慌的，不就是一份作文卷子吗？丢了就是丢了，没丢就是没丢。她不解地跟在老师身后，来到他的宿舍。

到了宿舍，李老师从床底下拉出一只已经色彩斑斓的旧皮箱，上面有一把破旧的锁。允和惊诧地想：不会吧，我的作文不会被他锁在里面了吧？

李老师小心翼翼打开上面那只很蹩脚的锁，从箱子里取出了她的文章，拿在手里，像是拿着一件宝贝古董，对着允和用师长的慈爱微笑着说："你的文章很好，我怕在课堂上讲了男学生会抢去，就锁在箱子里了。"

那时候中国公学的男生们经常会用他们的方式吸引女生

的眼球，比如老师夸奖哪个女生的作文写得好，于是这份作文卷子便会被男生们在课堂上抢去，在他们手里传来传去，最后说不定就被哪个男生悄悄收藏了。

允和从李老师手中接过自己那篇作文，不知道是该感激地道声谢，还是该偷偷笑上一阵子。她发现，在自己的作文上老师还批了字："能作豪语，殊不多觏。"

这句批语让她很感动，这是对她的鼓励。后来，允和的文章越来越好，也得益于李老师这句批语的激励。

好心的李老师其实并不真正了解允和的性格，只怕他的得意门生受到一点伤害和委屈。

一年后，允和从中国公学转学到了上海光华大学，一入校，她便在国语演讲中发表了一篇以《现在》为题的讲演，因为口才出众获得了第一名。这个开朗、活跃的女学生立即引起校方关注，她被推举为女同学会会长。

女同学会有了自己的女会长。女同学会刊也开始按时发刊。不过这种会刊也就是在公示栏里定期更新内容，会刊公示栏的玻璃还常常会被男同学打碎。男同学暗地里捉弄人，一般也没人深究。赶上明着挑事的，允和便要分出来黑白长短了。

学生会经常开会，那一日的会议正赶上允和有事，就请了假。那天的会很重要，研究一项工作涉及每个人举手表决的环节。允和委托学生会的另外一个女同学替自己表决，所以会议进行到举手环节，受委托的女生就举起了两只手，一只手代表她自己，一只手代表允和。旁边一个包姓男生尖酸地奚落她："你能代表张允和吗？如果还有人没来，你举三只手呀？"

细思量姓包的男生说得也有道理，一个开会不在现场的人，确实不好委托别人表决。

受委托的女生感觉很委屈，见了允和就诉苦。允和拍拍女生的肩膀："这算什么，你等着，我去找那个包少爷算账。"

第二天，允和没有刻意去找，在学生食堂门口，就遇上了姓包的男生。

允和喊住他："密司特包（Mr Bao 的音译，意为"包先生"），等一下，我找你有事。"

包姓男生停住脚步，不知道这个美丽的女学生会长蛾眉一横为哪般，他早把昨天那事忘到一边了。

"密司特包，你昨天讲的什么话？什么叫三只手？难道你看见她做什么事情了？你不可以这样，你要道歉，赔偿名誉。"

原来是为这个啊。

这个美丽的女生可不好招惹，瞧她那张小嘴崩豆似的，噼里啪啦就是一通说，中间连口气都不喘。姓包的男生立即就服输认错了。他认错的原因很大程度上并不是真的认为自己昨天做错了，而是看在站在自己面前的是一个气质优雅却刁钻泼辣的女生的分儿上。他想接近讨好这个校花级的女生还来不及呢，如今，她竟亲自找上门来了！

后来，允和曾经骄傲地说："这个男同学以后再也不敢欺负女同学了，相反对我特别好，放假我回苏州，他还替我拎行李。"

这是个聪明的男生，他其实并没想着欺负女同学，本意便是用他独有的方式和女生套近乎，结果是他终于如愿以偿！要知道，在这所校园里，有多少男生都想帮她拎行李而不得呢！

到了上海光华大学的允和异常活跃。她离在大夏上学的大姐近了，就在每个周末跟着大姐去看昆曲。她还成为南国社的社员，女同学会成立一周年的时候搞纪念活动，南国社发起人田汉专门为她们写了一出女性戏剧《薛亚萝之鬼》。允和在里面演一个资本家的丫头，她用伶牙俐齿、聪明伶俐的本色表演，把角色演得活灵活现，这样冰雪聪明又美丽动人的大家闺秀，哪能不惹得男生们喜欢？

兆和没有像二姐那样中间转学到别的学校上学，她一直在中国公学上到了大学毕业。

二姐在中国公学上学的时候，她们这对姐妹花是学校名人。学校组织第一支篮球队，姐妹两个便都成为篮球队队员，这个队里有五个张姓女生，号称"五张"，当时的报纸还专门报道过她们这支篮球队，登出的照片中有兆和，也有允和。兆和属于健美型的女生，在中国公学是女子全能第一名，不过，这个女子全能只限于中国公学，因为这所学校当时没多少女生。后来，她这个全能第一名代表学校去参加了上海全市的运动会，就显示出了短板，那一次，兆和得了个全市女生倒数第一名。

当然，得什么名次不重要，重要的在于参与。

张家小姐的心胸都开阔，她们从来不在这些问题上纠结，从来不与自己过不去。

中国公学远离上海市区，周边没有多少可玩的地方，她们的课余时间是约上几个好友，到校门口不远的吴淞小酒店小聚。

小酒店不大，到这里来的大多数是中国公学的学生，饭菜都很简单可口。酒店以卖饭为主，兼卖些小酒。男学生们周末会到这里偷偷喝上一两盅。女学生是不喝酒的，允和与兆和以及她们约来的好友们在这里聚餐，却也会要上一小壶酒，不为喝酒，为的是要那个氛围——她们学红楼诗社行酒令，行酒令没有酒做道具怎么行？

中国公学的女生几乎每个人都有一个绰号，绰号大都是男生们起的，当然，也有男老师起的。兆和这样的校花级美女当然也有绰号，她的绰号充分显示自己的外在特点。兆和最大的特点就是黝黑秀美，男生们抓住这个特点，给她取的绰号是"黑牡丹"。

"黑牡丹"这个绰号用到兆和身上很形象，但是兆和很讨厌这个绰号，牡丹就已经够媚俗的了，还黑牡丹，她天生长得黑，不愿意别人说她黑。后来这绰号便又有了新内容，在"黑牡丹"的基础上，又多了一个新绰号叫"黑凤"。这个绰号叫得不是很响亮，据说是中国公学的年轻男教员沈从文起的，兆和同样也不喜欢这个绰号，因为这里面也有一个"黑"字。

允和总说三妹兆和样子憨憨的，没有一点闺秀气。姐姐对妹妹总要苛刻一些，再说，和张家的另外三个姐妹相比，兆和的确是随性得多，少了一些脂粉气和闺秀气。她永远是剪一头直直的短发，从少年到白头，都不改自己的形象。兆和的闺秀气是深藏在骨子里的，她以另外一种形式示众。这些，中国公学许多喜欢她的男生都看出来了，深深爱着她的男教员沈从文以小说家的犀利目光，当然一眼就看出来了。

兆和喜欢穿男孩子服装，从她留下的那些照片中就能看出，她的装扮永远是很中性的，从来不追逐时尚。那时女子服装的时尚是旗袍下摆窄窄的，就像20世纪30年代电影上那些旗袍女子，那样的旗袍能勾勒出女性的曲线美。兆和的身材很好，腰肢细细的，肩膀有些丰满，穿上那种旗袍一定也很美。但是，她不喜欢，她平时最喜欢的服饰是阴丹士林色的大摆袍子。

总能在写民国女子的文字中读到阴丹士林这个词，阴丹士林旗袍不仅仅是兆和的最爱，也是许多民国女性的最爱。曾经，上海霞飞路上穿阴丹士林是一种时尚。阴丹士林，听上去这么有情调的一个颜色，其实，这种颜色不过就是今天看来很普通的青蓝色。不过，这色彩清清爽爽，素雅纯净，最受女学生青睐。

　　旗袍的色彩是比较时尚的，只是兆和旗袍的款式太老旧了。穿着这样的旗袍在校园里上课也就罢了，她却从来不分场合，比如参加亲戚家的婚礼，按规矩就必须穿色彩喜庆的服装，兆和却不在乎这些小节。那天，她穿上阴丹士林旗袍，就随在打扮得光鲜靓丽的姐姐身后往外走，被二姐生生拽回："人家结婚，你穿蓝布袍子干什么？"兆和不解地嘀咕："穿这件衣服很好啊。"不过，她还是换上了色彩鲜艳的旗袍。艳丽的服饰穿在她身上，让她总觉得别别扭扭的，不如那件旧旗袍随意。

　　兆和是大家闺秀与新女性的结合体，与姐姐妹妹们相比，她身上新女性的韵味更足一些。依照旧式闺秀的审美标准，她的黑皮肤、齐耳短发和健美身躯，都不合乎标准，连她的姐姐们也觉得，三妹是她们中最丑的一个。她们不明白，为什么偏偏就有那么多男学生，甚至男老师喜欢她。

　　她上中学的时候，便敢于在摇摇晃晃的练功平台上爬上爬下，这个地方没人敢上去，她敢，还敢站在平台上唱当时的流行歌曲："卖布！卖布！我有中国布。卖布！卖布！没有外国货……"

　　她率真随性。夜深人静的时候，她会一个人伴着月光，在校园里柔曼起舞。

　　她纯真可爱。藏在宿舍里的糖被蚂蚁吃掉了，她自言自语说："蚂蚁是有鼻子的，不然怎么偷吃我的糖。"并且，她一定要寻到几只蚂蚁，看看是不是长了鼻子。女生宿舍常常被她的行为弄得笑作一团，她却懵懂地不以为然，不知道自己做了什么可笑的事情。

她清纯洒脱。操场上，她边走边吹口琴，琴声悠扬，吸引了无数青睐的目光。从操场这头走到那头，一头短发随风飘呀飘，飘到脸上，她潇洒地甩一甩秀发。那个操场上吹口琴的女生，恰好被从那里经过的国文老师沈从文看到，于是引发了后面一段旷世爱情传奇。

其实，兆和是充满浪漫的女孩，就像小时候不断破坏玩具想引起父母关注一样，她是想用这种方式来引起别人关注，展示她的与众不同。她不知道自己本来就是一个出色的漂亮女孩，根本就不用刻意表现，便已经吸引了无数男孩的目光。

数学零分被北大录取的小四妹

充和从小被叔祖母识修抱回老家合肥，这是她的命，也是她的幸。

从一片小苗中，叔祖母识修带走了这一棵，悉心养护，竭尽全力把她培养成冰雪聪明、学识过人的民国绝代才女。或许，充和的童年因为少了父爱母爱，少了与姐姐们共同成长的阳光雨露，多少有些孤独寂寞。但是，正是有了这种与众不同的经历，充和一生都耐得住寂寞，她崇尚自由，喜欢独立。

她的人生以"民国最后一位才女"的雅称而谢幕。许多民国时代的美女、才女，包括她的姐姐们在内，都随着岁月的流逝纷纷走远。到最后，只有她还坚守在人生舞台上，如同一个民国才女的活标本，让后世的人们惊叹——原来民国时代风华绝尘的淑媛是这样的！她活到了102岁，2015年6月18日下午一点，这位民国闺秀在美国去世。民国的优雅被她最后带走了，我们只能对着那一团团渐渐远去的美丽红雾而感叹。

毫无疑问，叔祖母识修是爱充和的，充和本来是作为叔祖母财产的第一继承人而被收养的。识修从收养充和起，就打算不惜一切代价培养这个女孩，用心抚养她，倾心溺爱她。她最终的打算是未来有一天，当自己老去的时候，把这个家交给充和。

一生虔诚信佛、以善良著称的叔祖母识修确实是太善良了，就在她收养充和两年后，依然在合肥生活的张家族人给她施加压力，强买强卖要把张家第九房的一个十一岁的男孩过继给她当儿子。识修拒绝说她已经过继了一个孙女。但是，张家的族人说，女孩怎么能当继承人呢？她长大了早晚要嫁出去，嫁出去就是别人家的人了，没有儿子怎么行。顶不住巨大的压力，识修在抱养了充和做养孙女之后，又无奈地多了一个十一岁的养子。也就是说，充和在合肥的叔祖母家里，其实还有一个比她大九岁的名义上的养父，这个男孩有时和她们生活在一起，有时也跟着他自己的父母生活。他游手好闲，从来不好好读书，甚至在向不良少年的方向不断堕落。

他大约觉得，读书不读书于他没有什么区别，他只是等待自己长大，只是等着长大后继承识修名下的财产。

叔祖母识修名下的财产，最终不是她自己的，也不是充和的，是那个十一岁本族男孩的。识修省吃俭用实在没什么必要，她舍得花大本钱请最好的老师给充和当教员。

充和的生命中经历了太多的悲欢离合。

她不到一周岁就离开父母和同胞姐姐们，一路奔波来到叔祖母家。第一次远离亲人，她还在襁褓中，不过，也难说没给她幼小的生命造成伤害，这是一种成人体会不到、孩子说不出道不明的伤害。

之后，充和经常跟着保姆钟干干回上海、苏州省亲。好不容易与父母和姐姐弟弟们熟了，却又要回到合肥叔祖母身边。一边舍不下亲人的爱，一边又牵挂着叔祖母的情，充和小小年纪，便经常面带抑郁。她的心情，三个姐姐根本就不会懂。

八岁的那个秋日，叔祖母接到一封来自苏州的电报。电报是加急的，她从仆人手里接到电报，匆匆看了一眼，脸色顿时沉郁下来，让人叫过正在读书的充和，沉重地告诉她：孩子，你从此没有母亲了。

对于从此没有母亲这句话，充和还听不懂，母亲本来就在很远的远方，她长这么大，和母亲在一起的时间加到一起也没有多少。依照七八岁孩子的人生阅历，她不会立即联想到死亡，即使知道母亲去世了，也不甚理解死亡究竟是怎么一回事。她童稚纯净的眸光平静地望着叔祖母，母亲在她记忆中最深的影像，就是去年她回苏州省亲，在秋雾弥漫的火车站站台，母亲久久站在那边目送她远去，那依依不舍的目光她记得很清楚。那时候，她有些心动，有些不想离开有着慈爱目光的母亲。叔祖母说自己从此没有母亲了，是不是从此再也见不到那慈爱的目光了？

叔祖母看她穿着鲜艳的衣服，动手帮她脱下来，想了想，这个小孩子也没有什么素色服装，便顺手把衣服反过来，里子朝外，帮她穿上。衣服的里子是素色的，这就算是孩子为母亲穿孝了。

母亲的去世她还不懂得痛。毕竟，她从小不和母亲在一起生活，她的生活不像在苏州的姐姐弟弟们那样，因为失去母亲而发生了天翻地覆的变化。没了母亲，她的生活，该怎样还怎样，叔祖母对于这个没了母亲的小女孩更加疼爱了。

十六岁那年，她真正体会到了失去亲人的痛。七十岁的叔祖母去世了，那一年，叔祖母快速走向衰老，走向了死亡。叔祖母溃疡出血，身体免疫力急剧下降，身体在短时间内衰弱下去。大概她已经意识到自己不久于人世了，心中更加焦虑，为继子的不成器，为养孙女张充和漂泊不定的未来。继子不成器已成定局，她扭转不了。但是，她死后，充和怎么办？

为缓解这无法言说的焦虑，她让充和守在自己身边背诵司马迁的《史记》。一个濒临死亡的老人，此时不会欣赏一个远在西汉的老朽写的《史记》，她无非是用这种方式把充和留在身边多陪陪自己。

叔祖母去世的时候，充和就守在床边，她眼看着叔祖母一点一点走向死亡，却没有任何恐惧。人常说，自己最亲最近的人去世，是不会感觉恐惧的，叔祖母就是充和最亲最近的人，对于她的去世，她唯有悲伤，唯有难过。

最疼爱自己的那个人从此不在了！充和心中除了悲伤，还有些空落落的，她守在叔祖母的亡灵前，木然地看着仆人们为叔祖母做最后的事情：净身，穿上寿衣，然后入殓，一切都是那么井然有序，就仿佛平日里叔祖母在旁边指挥着。充和茫然地看着躺在那里的亲人，她觉得她不过就是睡着了，并没有死去。

按照乡俗，叔祖母要在家中停灵七七四十九天，八年前，充和的母亲陆英去世的时候也是这样。这漫长的时日，对活着的亲人其实是一种折磨，繁缛的丧葬程序，无时无刻不在提醒活着的人们失去亲人的伤痛。一个程序完成后，另一个程序又接上了，在这段时间，悲戚的氛围始终会笼罩在这个家。

马上要举行葬礼了，叔祖母名义上是有一个孙子的，族里硬过继给她的那个继子的儿子按理说是她名正言顺的孙子，但是那个孩子只有五岁，这么小的一个孩子还不能担当起送葬的重任，充和便替代他做孙子穿孝服。为了让她更像孝孙，充和的长发被剪成了不伦不类的短发，比男孩子的长些，比学堂里女学生的短些，十六岁的花季少女，乍一看像个半大小子。把头发剪成这样，也是充和自愿的，她也想以这样的方式，送抚养疼爱自己的祖母最后一程。本以为这四十九天的时间，该流的眼泪已经流完了，从合肥到老家肥西县的送葬路上，便哭不出来了。但当灵柩启动的那一刹那，充和悲从心底起，还是悲怆地哭出了声。族人们也受到感染落下眼泪，悄声说，这个孙女真是没白疼、没白养。

送走叔祖母，充和在合肥再也生活不下去了，虽然也继承了一点遗产，不过，主要的产业都是那个养子的，她唯有回到苏州父亲身边。

苏州，也已经不是母亲在世的时候那个其乐融融的大家庭了。父亲续娶了继母，姐姐们都离开家到外面去工作求学了，现在苏州的家已经搬到九如巷，那里，住着父亲、继母，还有弟弟们。回到九如巷，充和临时成了这群孩子中的老大，忽然就有了一种过去不曾有过的责任感，不仅要哄五个同胞弟弟，还要哄继母生的小弟弟，遇上继母和父亲闹别扭的时候，偶尔还要哄一哄继母。

她骤然间长大了，长成了家中最懂事的女儿，最可以依靠的大姐姐。

血浓于水，不管亲情在长久的疏远之后变得如何陌生，一旦有了一点阳光雨露的滋润，便立即复苏并迅速成长。她对父亲的爱，对弟弟们的疼，都是发自内心的。

来到苏州，日子过得有些凌乱，她却没了过去的孤独寂寞感，每一天都是充实忙碌的。弟弟们和九如巷邻居家的小孩子办了个九如社，遇上不懂的问题，她便是他们的顾问。寒暑假，姐姐们放假回家了，她们一起唱昆曲，一起办家庭文学社团，一起外出郊游。她学会了骑自行车，学会了赛球，当然，赛球的时候，不懂玩球规则的她只能当守门员。她这个守门员，也不算是懂规矩的，根本就不知道怎么守，常常因为失守而输球，但丢了球也没人怨她。

她走进了父亲创办的乐益女中读书，这是长这么大第一次走进校门，过去一直是在家里跟着私塾老师上课。校园生活新奇而陌生，那么多的女孩子集中到一个课堂里上学。她习惯了一个老师给一个学生上课的那种安静氛围，在那个环境中，她有更多的时间独立思考，独立做一些事情。可是这种大课堂必须整齐划一，她为此感到很不舒服。

乐益女中是新式教育。学校里不仅仅是上课、学习，还有很多课外活动，遇到这样那样的纪念日，学生们便不上课了，集体过纪念日，举办活动。充和不喜欢那些活动，她只想读书，除了读书，还是读书，她觉得用来搞活动的时间太多了，耽误了读书，很可惜。她喜欢的那些功课，比如古典文学、史学之类的，在这里教的有关内容，是她很小的时候就学过的；她不喜欢的那些功课，比如几何、代数，她基本上一窍不通。在合肥老家，叔祖母给她请的教算数的老师也只是满足于让她把最基础的加减乘除学会就够了。在叔祖母的意识中，一个大家闺秀，不需要掌握高深的数学知识，厚重的古典文学底子，才是支撑大家闺秀聪慧优雅的基础。

也就是说，不论是她喜欢的功课，还是不喜欢的，课堂上都让她打不起精神。

好在，校园环境还不错。她喜欢那里的环境，那一年四季花木繁茂的小花园，亭台楼阁间，一簇兰草、三两梅枝、几许青竹点缀其间，石头打造的书案上，放一卷旧书，慢慢读，读累了，抬眼便是园子里的美景。特别是初春时节，园中的白梅静静绽放。女学生们穿着整洁的校服，素色上衣，黑裙子，三五成群穿行在曲径通幽中，静中有动，迷失在这种江南校园不落俗套的美景中，让人不愿长大，不愿离校。

充和喜欢苏州，喜欢江南水乡的风光旖旎和温文尔雅，喜欢乐益女中美丽的校园。但是，她不喜欢课堂，每每走进教室，她的心便忽忽悠悠沉重起来。她不敢同父亲说，怕他不高兴，更不敢与继母说。

在乐益女中上了一年学，1923 年 9 月，三姐张兆和与沈从文在北平结婚，她去参加三姐的婚礼。暑假结束，本来学校已经开学了，她该去上学的，因为她执意要去北平，谁也不好拦着她。对于这个从小在别人家寄养长大的孩子，父亲更是疼爱有加，缺失的母爱永远也补不回来了，他尽量顺着这个女儿的性子，她喜欢做什么，便由着她。

充和第一次到这么远的北方。初秋的北平景色正美，三姐的婚礼在中央公园举行。中央公园后来更名中山公园。那时候，许多著名文化人的婚礼选择在公园之类的公共场地举办，几年前的夏末，徐志摩与陆小曼的婚礼便是在北平北海公园举办，沈从文也选择了在这景色宜人的地方给她最爱的女子张兆和一个惊喜。这里不但是民国年间最高端的休闲娱乐场所，还是文人们最喜欢逗留的文化场所，许多重要的文化活动都在这里开展。充和在中央公园参加了三姐的婚礼，那天去了很多文化界名流，那浓浓的文化氛围，让充和一下子喜欢上了这座城市，她有些不想走了。

充和在三姐家住下没多久，沈从文的母亲病危，他要赶回故乡凤凰探望。兆和一个人寂寞，挽留四妹陪她多住些时日。结果这一住，就住下了。

充和与兆和的年岁相差最小，两姐妹之间没有岁月的隔阂，彼此更容易懂。兆和的性格也与充和比较合缘，倘若是二姐允和，就另当别论了。

三姐说："四妹你满肚子的学问，不能总这么闲着，去考大学吧。"充和看着这里的女大学生，也心生羡慕，就答应先到北大当旁听生。一边旁听，一边复习，准备报考北大。

北大入学考试涉及国文、史地、数学和英文。别的都好说，就数学这门功课让她很为难，几何、代数什么的她从来就没有学过，她决定彻底放弃数学，只复习那三门功课。

她报考北大，除了数学一点都没学过，还有一个更大的问题，她没有中学文凭。其实这个也不难办，乐益女中就是他们家办的，给她出具个中学毕业文凭还是问题吗？关键是张充和是个性格倔强的女孩，她不会让父亲为她出具学历证明，也不会让别人知道她是张兆和的妹妹、著名作家沈从文的小姨子。她考试的时候用了一个化名"张旋"，这样就不会有人猜到她与张兆和的关系。仅比她小一岁的弟弟张宗和那时候已经考入清华大学读书，宗和托在宁夏当中学校长的朋友帮忙出具了四姐的中学学历证明。于是，充和以"张旋"这个名字，以宁夏某中学毕业生的身份，参加了那年的北大招生考试。

临近考试，三姐兆和比她自己参加考试还紧张，她替妹妹备好了笔墨纸张，备好了圆规、三角尺等考数学用的作图工具。充和只拿了笔墨纸张，那些考数学用的工具被她搁置到一边。

三姐说："这些是考数学用的。"

充和摆摆手："这些都没用，我哪里会做数学题啊。"

即使不会做数学题，也必须参加考试，因为北大明文规定，凡有一科为零分，不得录取。也就是说，充和即便是猜，数学也要猜上一两分，否则就等于白白参加考试。

充和本来是想完全放弃这门功课的考试，被姐姐、姐夫督促着，她硬着头皮进了考场。那时候的数学考卷，没有选择题，全凭着猜，怎么可能猜对呢？

充和毫无悬念地一道题都没猜对。她的国文考了满分，作文《我的中学生活》被只有一年中学生活的充和写得那般美好，把阅卷老师都感染得一分没扣。中文系主任胡适很看好这位国文满分的考生，建议录取这位考生。只是，她的数学试卷被判了零分，她的试卷基本上是空白的，让判数学试卷的老师非常为难，想给她一分两分都不好办。

除了数学零分，她其他几门功课都不错，试务委员会研究再三，决定破格录取这位考生。这件事在当时算是教育界的重大新闻，北京的多家报纸在大学新闻栏目中都报道了这件事。

充和如愿以偿以正式学生的身份走进北大校园。学业没有料想得那样繁重，课余，她还有空闲时间去做昆曲票友。

一晃就上到了大三，她的体质突然变得很差，每天清晨都感觉疲惫无力，懒得起床，明晃晃的日头照在床头，她奇怪自己为什么变得这般慵懒。她瘦了，看上去娇喘吁吁像林黛玉，衣衫穿在身上愈发飘飘若仙。她常常彻夜无眠，睁着空洞的大眼睛望着天花板等待天亮。焦虑的等待中，身体总是泡在汗水中，控制不住的咳嗽惊扰着黑夜的安静，也惊动着自己的睡眠。

对于四妹的变化，兆和最初以为她陷入了一场不很快乐的单恋或者苦恋，但还是渐渐感觉到事情似乎不是自己猜测的那样，充和的身体更像是病了。兆和催促充和去看了西医，得出的结论是，充和患上了肺结核，必须休学治疗。

肺结核就是民间说的痨病，感染率非常高，20 世纪 30 年代，患上肺结核就等于是绝症了，很多生活条件差的人会因为这个病丧失生命。确诊是这个病之后，充和的心情一下子跌到谷底，这个原本坚强的女孩，也因为这突如其来的打击难以坚强起来，她觉得自己的一切从此完了，学业、未来，甚至生命。

那时候她早已搬离了三姐家，自己租住在公寓里。三姐知道了她生病的消息，经常会过来探望她，照顾她。她不想让三姐到自己租住的公寓来，这个病会传染给别人，最重要的是，三姐家还有小孩，她不能把可恶的肺痨传染给可爱的小外甥。

但是，三姐不来的日子里，孤独和寂寞便袭上心头，有时候特别难受，便会不由自主想到死，想到印象模糊的母亲和永远忘不掉的叔祖母……此时，她很无助。第一次感觉到深深的无助是叔祖母去世的时候，她不知道自己该怎么办；而眼下的她，在生命中第二次感到如此茫然无助。

就在她感觉最痛苦的时候，大姐元和突然来北平了。

她风尘仆仆，敲开了充和公寓的门。只有简单的行囊，看上去很疲惫，却依然优雅。大姐来了便坐到充和床边，用纤瘦的手温情地摸摸她的额头，轻声说："还是有些发烧。"

这亲情的温暖让病中的充和顿时泪汪汪的，她没有问大姐怎么到这里来了，只是嘱咐她离自己远一些，这个病会传染人的。

元和说："不怕，我就是来接你回家的。"

"回哪儿?"

"回苏州九如巷，父亲派我来的，他听说你病了，让我接你回家养病。"

充和说："我不想回去，传染上家里人就麻烦了。"

元和说："我自己来照顾你。"

充和知道大姐已经在海门海霞学校当教员了——莫非她要辞了工作回苏州专门照顾她?

其实,大姐就是为了她的病才辞去了海门的工作,专程来接她回苏州养病。这既让充和感到温暖,又觉得过意不去。

但是,眼下她也别无选择,只有跟着大姐回家。与北平的天气相比,温暖湿润的苏州更适宜身体的康复。

回到苏州,心情好起来,充和的病情也日渐好转,脸上有了红润,也丰腴起来了。

元和回了苏州后,开始跟昆曲著名小生周传瑛学习昆曲。本来就喜欢昆曲的充和也经常跟着大姐一起,无意中学会了更多的昆曲名段。姐姐们喜欢抛头露面演出,她更喜欢低调地自娱自乐。同为大家闺秀,她们不同的人生经历、不同的教育环境、不同的个性造就了她们有许多不同之处。相比之下,充和比她的三个姐姐更像旧式闺秀,她乐享慢节奏的岁月流淌,不急着追求火热的新生活。

苏州悠闲安逸的环境也许更适合充和,她的身体明显好起来。一年之后,她的病痊愈了,大姐元和的昆曲也有了突飞猛进的发展。最重要的是,三十岁的大姐好像开始陷入到一场爱情当中,恋爱的对象是著名昆曲演员顾传玠。这是件喜忧参半的事情,喜的是大姐终于肯谈恋爱了;忧的是,顾传玠曾经是一名戏子,像元和这样的大家闺秀,爱上一名戏子,会遭人议论的。

　　养好病，充和决定再回北平，那里可以为她提供更多的发展机会，她不能让自己的才华白白浪费。她知道，回去，也难回到北大的课堂上了，她打算一边工作一边学习。

　　后来充和应聘到一家报社做了编辑。近水楼台，利用这个时机，她自己也写点散文、小说、诗词，并且发表。就此，她走近了文学，结识了一群高水平的文化人，这里面，便有暗恋她一生的著名诗人卞之琳。

第二章

婚恋篇

大小姐和昆曲名角的浪漫恋情

爱情是一种缘分。缘分到了赶都赶不走，缘分尽了无论如何挽留都无济于事。

张元和与顾传玠的恋情就是缘分。

早年间，他们都生活在苏州城里，都是从小便喜欢昆曲。只是，张元和是名门闺秀，由父亲请来名师在家里学戏，顾传玠则是进了昆剧传习所学艺。当年顾传玠正式进入苏州昆剧传习所的时候，苏州乐益女中也正好刚刚开班，他们失之交臂，未能相见。

他们最早相遇，是张元和在上海大夏大学上学的时候。

她是大夏的校花，留着民国女学生最流行的齐耳短发，那发式却与众不同，稍稍斜梳着。她喜欢穿高领盘扣丝绒暗花上衣，服饰的色调很雅致，从来不穿艳俗的大红大绿，大都以咖啡色为主。她端庄秀美，皮肤白皙，美目流盼，举手投足之间都透着高雅。这个美丽的"大夏皇后"被无数男生暗恋着，她却不解风情，一心迷恋着昆曲，每逢周末便到上海"大世界"的戏院看昆曲。

他是活跃在"大世界"戏曲舞台上的名角，说是名角，其实不过是个少年郎。他是个长相俊朗清秀脱俗的少年，眼睛大大的，鼻梁高高的，即使不是名角，这样的少年也有女孩喜欢。他的小生戏音调清丽委婉，身段轻盈柔软，表演细腻用心，是"新乐府"昆剧团的头牌，在"大世界"挂牌演出前后历时两年零两天，梅兰芳曾特邀他同台对戏，这件事当时在上海的各大报纸都进行了报道。

顾传玠拥有无数追随者，张元和与她那些喜欢昆曲的女同学都是顾传玠的追随者。舞台上的顾传玠有个习惯动作，就是在有意无意之间常常会皱眉头，这是师傅无论如何训斥他都改不掉的习惯性动作。可是这在后来却成了他的艺术特点，女孩们最喜欢的就是他眉头微蹙时的那一丝令人疼怜的潇洒。那时候，张元和只是一个追随者而已，并没有想过和这个舞台上扮相俊美、风流偶傥的小生之间会发生点什么。

他们第一次近距离接触，是张元和与几个女同学因为想观摩顾传玠的《牡丹亭·拾画叫画》，几个女孩子斗胆给顾传玠写了一封信。为了满足观众的需求，顾传玠回信答应了，果真专门在戏院演出了一场《牡丹亭·拾画叫画》。

那时候，他在舞台上表演，她在舞台下欣赏，依然无缘一对一接触。

大夏大学毕业后，似乎两个人再也不可能有交集了。

张元和去了海门当中学女教师，一去便是五年。她最青春最美好的五年时间，全部献给了海门的教育事业。凌海霞仿佛成了她的临时监护人，这个亦母亦姐亦师亦友的人，总是担心这个清纯的妹妹被坏男人骗了，不许任何男子接触元和，就这样，元和一直没有机会谈恋爱。二妹允和结婚的时候，父亲就有些为依然没有谈恋爱的大女儿着急；三妹兆和结婚了，小宝宝都满地跑了，元和却还是独身一人。此时，不但父亲着急，连妹妹们都暗自心急。

顾传玠本是一个绝好的演员，谁也想不到有一天他会突然告别舞台。几乎在元和大学毕业的同时，顾传玠弃伶就学，他不想再做演员了。那年夏天，他结束在舞台上的演出生涯，彻底告别舞台，进入东吴大学附中读书。小时候因家里穷，他觉得唱戏当名角能改变自己的命运。唱了戏，成了名角，接触到上海滩有权有势的达官贵人，他才发现，作为戏子，你唱得再好，也没有地位，也是为上层人服务的。他觉得自己看明白了，便不想再做地位低下的演员，一心只想早点脱掉戏服、改头换面成社会上层人。他把名字由顾传玠改为顾志成，想"有志事竟成"。

顾传玠天资聪颖，当初在昆曲传习所学戏的时候，他便比同时学戏的孩子多了一些心思，除了学戏文，还认真学习文化课，国文课学得很好，毛笔字也写得很好。突然从舞台上走进学校，一般人会适应不了学习环境或者缺乏学习能力，但是，他却很快便进入了学生角色，并能跟上学校的课程。不过，从受人追捧的当红名伶，到默默无闻的普通中学生，心理上不可能没有落差，支撑他承受心理落差的，就是未来出人头地做上层人的诱惑。那时候，还有许多戏班子想重金请他重返舞台，他狠狠心都拒绝了。大丈夫一言既出，驷马难追，他要对自己狠一点。他觉得只有这样斩断自己的退路，才能激励自己往前走，成就做上层人的大事业。

在学校里，顾传玠结识了张家少爷张宗和、张寅和。因为这两个张家少爷都喜欢昆曲，他们成了好朋友，他也经常跟着张宗和、张寅和到他们九如巷的家里去玩。

时光荏苒，5 年的时光瞬间就过去了。

时光把元和推进了大龄单身女的行列。她自己仿佛没什么感觉，父亲张冀牖却急坏了。问题是他多次催促她回苏州也没结果。倒是因为四小姐张充和在北平患上了肺结核病，以接四妹回苏州治病为由头，这才得以把元和招了回来。

张元和心疼四妹，把她接回苏州九如巷的家中之后，元和决定亲自来照顾和陪伴她。这个四妹从小就被别人抱养，没有体会过母亲的温暖，在她生病的时候，元和要用同胞姐妹的温情鼓励她，让她快快康复。

在苏州养病的一年时间里，充和确实感觉到了无限的温暖，这种没有任何压力的生活，是她一生中从来没有过的。什么都不用做，睡到自然醒。慵懒的午后，一杯下午茶就可以打发半天。从小娇生惯养的大姐，陪伴小妹的时候却无比细心和有耐性，充和的病因此痊愈得很快。

除了陪伴小妹，张元和剩下的大把时间，便是跟着父亲为她请来的昆曲名师周传瑛学戏。过去她学的主要是青衣，这次重点学小生角色，比如《荆钗记·见娘》里的王十朋等。

周传瑛教戏认真，张元和学得仔细。

那一日，元和在家中小花园正跟着老师学着一招一式，弟弟宗和从南京的学校回家了，还带来一名他的男同学。

宗和带回的那位男生一见到正在教戏的周传瑛，便是一副两个人相熟的状态，他们相互打了招呼，很是寒暄了一阵子。惹得正在练身段的元和停下来，忍不住向来的那男生打量一番——这个人看上去好面熟，像极了当年在上海"大世界"的昆曲名角顾传玠。

他会是顾传玠吗？

张元和正疑惑的时候，宗和大约看出了大姐的疑问，便介绍说："大姐，这是我的同学顾志成，他原来的名字是顾传玠，本是昆曲名角。"

真的是顾传玠啊！

元和礼节性地对他颔首报以笑意，并忍不住多看了他几眼，他还是那么英俊潇洒，比几年前又多了一些成熟男子玉树临风的倜傥感。

宗和又向顾传玠介绍："这是我大姐张元和，一个昆曲迷，在大夏大学上学的时候，是你的戏迷。"

顾传玠对这个看上去年龄显得比自己还小的大姐微笑着点点头，两人的目光不经意便碰到了一起，张元和的温婉俊雅秀媚让顾传玠忍不住暗自感叹：真是个凡间少有的佳人！

周传瑛教了半天戏，有些累了，便对元和说："这位不是外人，是我的师弟，我们同在沈月泉师傅门下学过戏，他唱得比我好，让我师弟教你一段吧。"

元和第一次在人前显得那般忸怩，她可从来都是很大方的女子，不知为什么会在一个年纪比自己小的男孩面前这样不自然。她低声说："大老远的刚从南京赶回来，连口水还没有喝，不急着学戏，还是先回室内喝茶吧。"

她不是不想跟着顾传玠学戏，而是感觉在当年上海最红的小生面前露丑，很不好意思。后来，顾传玠经常跟着宗和到张家。他来的时候，如果赶上元和正在学戏，她明明唱得很好，一见到他，就会立即红着脸停止，她怕他笑自己唱得不好。

顾传玠对张家这个美丽的姐姐有一种说不出的好感，第一眼见到她，他便忍不住想多看她几眼，她的美是他见过的女孩中少有的。此时的张元和已经不是学生时代的齐耳短发，她秀美的长发盘在脑后，穿着一袭素色旗袍，那旗袍无论款式做工还是颜色，都透着精致和时尚。听宗和说，他的大姐比自己还大了两岁，但她看上去也就是二十出头的样子，模样并不像宗和说的那么大。她的一颦一笑，她多情的笑靥中，还藏着少女般的纯真可爱，顾传玠见到这个姐姐就有些忘不掉她了。

让他们进一步加深印象的，是不久之后在昆山的一次演出。

那个夏季，离开昆曲舞台整整 5 年的顾传玠，要利用暑假时间到昆曲发源地昆山参加一场义演。那场义演是昆山救火会举办的，张元和作为幔亭曲社成员也受邀前往客串。张元和是到了昆山后，才知道顾传玠要登台演《见娘》的，便打电话给苏州家中，问父亲要不要来看顾传玠的演出。

那一次，张家真给顾传玠捧场。张冀牖为了来看戏，居然租了辆汽车，拉了一车亲友来做观众，宗和、寅和、寰和、宁和，还有宁和的家庭老师都来了。宗和到了演出现场，到后台去找正在化妆的顾传玠，给他助威。

顾传玠奇怪地问："我又没告诉你，你怎么知道我在昆山演出？"

宗和说："我大姐告诉我们的，不但我来了，我们全家都来了。"

那一次，顾传玠本来安排演两场，第一天是《见娘》中的小官生王十朋，第二天是《惊变》中的唐明皇。

那一次，张元和也演了两场小生戏。

到第三天，在张宗和、张寅和的强烈要求下，顾传玠临时客串李太白。上台前他和扮演高力士的周传沧抓紧对词，因为许多年不演出了，背诵到清平调"云想衣裳花想容，春风拂槛露华浓，若非群玉山头见，会向瑶台月下逢。"这一句，再往下他就记不起是什么词了，这时，正在后台忙碌的元和顺口替他接上道："一枝红艳露凝香……"顾传玠对这个美丽的姐姐更是刮目相看，他不由得感激地看了元和一眼。巧的是，这时候元和也正看着他，两个人慌忙避开对方的目光——元和这是第一次为一个男子脸红心跳。她发现，自己不知从什么时候开始，已经喜欢上他了。

此时的顾传玠身边还有另一个女孩，那个女孩是纱厂老板严惠宇的女儿。

严小姐与顾传玠的关系很微妙，当初顾传玠所在的"新乐府"昆剧团，就是严惠宇等商人赞助的。后来，严惠宇和其他赞助商中止了与"大世界"游艺场的合同，严惠宇出资赞助三个演员上大学，他挑选了三个有前途的演员，不过当中只有顾传玠是自己想脱离昆曲行当去大学深造。

于是，严惠宇赞助弃伶求学的顾传玠走进校门。

严惠宇的女儿严小姐比顾传玠小十一岁，从小就喜欢顾传玠饰演的小生，她小时候经常跟着父亲去"大世界"看戏，对舞台上那个演小生的英俊哥哥情有独钟。严小姐比张元和有有利条件，那时候，张元和与顾传玠一个台上，一个台下，两个人无法近距离接触。严小姐可以和顾传玠常常见面，可以拉着顾传玠的手让他带自己玩，对于老板家的千金小姐，顾传玠自然言听计从。但是，二十岁的顾传玠没有爱上这个比自己小十多岁的小女孩，小姑娘对顾传玠也只是很纯真的一种喜欢。

严小姐慢慢长大了，长成了情窦初开的少女，她对顾传玠的感情由喜欢变成了爱慕。

因为严惠宇是顾传玠求学的赞助人，顾传玠会经常与严惠宇接触，这就避不开严小姐，避不开严小姐多情的目光。严小姐长得虽不是美若天仙，却也端庄大方。另外，严惠宇也看出了女儿的心思，有意让顾传玠成为自己未来的乘龙快婿。他很欣赏顾传玠，如果他成为自己的女婿，将来就把自己的产业交给他。

一心想脱离伶人这个行当出人头地当上等人的顾传玠，如果说一丝都不为之所动，是不符合人性本能的。他已经到了娶妻的年龄，该谈婚论嫁了，做严家的女婿，在事业上等于走了一个跨越性的捷径。

严惠宇不愧是实业家，做任何事情都讲究务实，他让自己刚满十八岁的女儿到农业学校上学，专门学养蚕，如果女儿成了养蚕专家，搞纺织企业便形成了一条龙的产业链，严惠宇是非常有头脑和远见的。可是，学养蚕的严小姐刚刚走进顾传玠的眼里，还没走进他的心里，他便遇上了张家的大小姐张元和。

张元和的学识、风韵、气质和容颜都在严小姐之上，只是年龄上大了严小姐整整一轮。但是，顾传玠看到元和的第一眼便惊为天人，不但入了眼，也入了心。一边是优雅俊美、翩翩若仙的张姐姐，一边是冰雪聪明、庄重大方的严妹妹；一个是出身名门的大家闺秀，一个是家有万贯的富家小姐。那段时间，顾传玠很是纠结。他也曾想与严家联姻。所以，从东吴大学附中毕业后，他考进金陵大学学习农业，这就和学养蚕的严小姐基本上是同科的了。也就是说，如果没有张元和的出现，他肯定是娶严小姐了。

张元和的出现，让顾传玠在婚姻大事上一时拿不定主意，他不知道哪一个是他的有缘人。演过无数爱情戏的顾传玠相信缘分，他觉得缘分比什么都重要。

后来证明，他还是和张元和有缘分，他们经过了3年的爱情长跑，终于修成正果，有情人终成眷属。

张元和与顾传玠的爱情，在当时虽然是大龄男女的恋爱，从相知相识到相恋，却经历了爱情应当经历的全过程。

他们先是成了关系十分亲密的好朋友，顾传玠从张元和那里知道了，几年前在上海"大世界"为女学生的一封信而演出的那场戏，原来信的作者就是张元和与几个冒冒失失的女学生。张元和把这件事对顾传玠讲了之后，他才把那封信和写信的人对上。因为有了那个久远的渊源，两个人刚开始攀谈便仿佛是多年的熟人一般，他们有共同的回忆，有共同的爱好。

他们终于不顾一切地相爱了，在那个时代，像张元和这样的大家闺秀爱上一个戏子，其实是不符合门当户对的规矩的。人们并不看好这对恋人有些类似于戏剧故事的爱情，觉得张元和大约是痴迷昆曲，还处在迷梦中没醒过来。昆曲是高雅的，昆曲演员却并没有因为这项艺术的高雅而跟着水涨船高。亲戚们都怀疑，张元和是不是爱屋及乌，只是因为爱昆曲而爱上了唱昆曲的顾传玠，凭着张家大小姐的名门出身以及相貌和才学，找个有钱有势的男人就那么难吗？顾传玠虽然看上去仪表堂堂，但他终究出身不好。

连四妹张充和都觉得大姐爱上顾传玠不是十分符合情理，她说过：倘若你对昆曲的感情够深，就绝不可能爱上一个昆曲演员。

爱情有时候未必一定要符合情理。

纷乱的年代，张家的人们都离开苏州逃避战乱，父亲也带着继母回了合肥老家，只有元和依然留在沦陷区。她四处躲避，最终到了上海，她的干姐姐凌海霞在那里，她爱恋的顾传玠也在那里，此时，顾传玠的爱情是她惊恐凌乱生活中的安慰。

父亲张冀牖回了合肥老家，结果他再也没能回来，1938年秋后，他死在了逃难的路上。他牵挂的大女儿张元和还没有成婚，他牵挂的儿女们有的还没长大成人，他便匆匆走了。

一个没了父爱母爱、远离亲人的弱女子，一个在战乱中四处漂泊的弱女子，她想寻找自己的港湾，顾传玠的爱对她来说便更加珍贵。

1939年春天，张元和不顾各界的纷扰，决定和顾传玠走进婚姻殿堂。

那时，顾传玠的赞助人严惠宇正在上海风生水起。顾传玠放弃自己的女儿娶张元和，他能理解，毕竟，张家小姐论才论貌都在自己女儿之上。但是，张元和肯下嫁顾传玠，他便有些看不懂了。

他们订婚前，严惠宇曾问张元和：为什么愿意嫁给顾传玠？

张元和的回答是：因为他志气轩昂。

严惠宇无言地点点头。

张元和与顾传玠的婚礼在一家西餐馆举行，参加婚礼的人大多是昆曲传习所的师兄弟，这些昆曲演员现场助兴表演，把婚宴推向高潮。这便是做昆曲演员妻子的好处，嫁给一个昆曲名角，可以随时欣赏到高水平的昆曲，这是否就是张元和想要的生活？或许，她把自己当成了戏中人，从此一辈子生活在戏中。

对这桩婚事，张元和的干姐姐凌海霞是不赞成的，碍于面子，她送上了一份厚重的贺礼，人却没去。

上海滩对这桩婚事也是颇多异议，戏子娶了美丽的名门闺秀，等于和阔老爷们抢夺了美色资源，他们自然不快乐。许多小报以"张元和下嫁顾传玠"为题大炒新闻，这桩婚事一时成为上海人茶余饭后的八卦闲谈。尽管顾传玠早已不是戏子了，但是人们依然要把张元和当成戏子的妻子。

张元和没在乎那些八卦，她从决定嫁给顾传玠的那一刻起，就想到了这一切。婚姻是自己选择的，她无怨无悔。

二小姐与同窗的哥哥青梅竹马的情事

二小姐张允和是四姐妹中谈恋爱最早的一个，也是结婚最早的一个。

她和周有光的爱情故事，是典型的青梅竹马，很传统，也很浪漫。

张允和活泼可爱的性格，在大家闺秀中显得很特别。她一贯快人快语，肚子里从来不存话，有什么想法历来都喜欢直来直去说出来，也难怪那时候她有一个外号是"快嘴李翠莲"。在那个时代，大家闺秀普遍是低眉顺眼、温文尔雅的，即使不是那个类型，也得装成那个样子。女人们错误地认为，男性的审美标准就是这样，他们喜欢内敛的女子，不喜欢太张扬太有个性的。

当全世界都是整齐划一的温顺类型的淑女时，男人们便又集体怀念起火热性格的女子，一旦哪个女孩稍有些泼辣，男人们立即眼睛发亮——这个女孩是那般有个性，那般与众不同。

张允和就属于民国时期的野蛮女孩。

张家姐妹小时候都在家中读书，与外界接触的机会很少，那是一种真正的大门不出二门不迈、中国传统式的大家闺秀的生活方式。祖母是传统老太太，不想让女孩抛头露面在外面的学堂念书，母亲沿袭了祖母的做法。家中两个传统女性相继去世后，家里的私塾悄然解散了，张家姐妹一走进学校，立即被外面的世界所吸引。

性格外向的张允和是最容易融入社会的，她在学校结交了许多好朋友，其中有一个女同学叫周俊人，她们在乐益女子中学一个班级读书。周俊人的家离住在九如巷的张家很近，张允和经常跟着周俊人到她家去玩，假期里，两个好姐妹来往更加密切。

周俊人有个哥哥，叫周耀平，后来改用笔名周有光，张允和与他初相识时，他还用着自己的原名周耀平。他是上海光华大学的学生，暑期正好在家休假，模样长得很清秀，鼻梁上架着民国年间那种圆圆的黑框近视眼镜。那个时代的男子，能戴上这种黑框近视镜的并不多，一般来讲，身穿西服、戴着儒雅的近视镜、留着水滑油亮的小分头的男子，不是知识分子，就是一位吃喝不愁的公子哥。

张允和对这个仪表堂堂的大哥哥有些说不出的感觉，她不知道这是不是春心萌动的爱情，她喜欢见到他，喜欢和他聊天，喜欢和他一起玩。

周有光对妹妹带回来的这个林黛玉一般纤瘦的女同学并没有什么非分之想，他把她当成了与自己妹妹一样的小妹，他像喜欢自家小妹一样，喜欢这个邻家小妹。在这些妹妹们面前，他总是表现得很有绅士风度。

与落户苏州的张家一样，周有光的祖上也不是苏州人，周家是从江苏常州搬迁过来的。想当初，常州的周家也是名门望族，过去在常州城有纱厂、布厂、当铺。可是，太平天国运动对常州周家冲击很大。周有光的曾祖父，一个在朝廷里做过官的退休官员，据说是为了表现对大清的忠心，选择了投水自尽。太平天国起义军被剿灭后，大清朝廷为了表彰周有光曾祖父忠于朝廷的义举，追封了他一个世袭云骑尉的官衔。曾祖父虽然死了，但他的子孙可以世袭他的官位继续领俸禄，一直领到大清灭亡了，改成民国的天下了，家里的俸禄才没人给了。

周有光 1906 年出生的时候，还在清朝末年，家道还没败落。他们家曾经有一个很大的藏书楼，里面藏了很多古书，周有光的童年，就是在那座藏书楼里度过的。后来回忆童年时代的那段幸福时光，周有光曾说："那时我们家的书很多，随便我看，但书都是文言，我都看不懂，小时候我对《三字经》也不感兴趣。"

小孩子似乎普遍都对《三字经》没有什么兴趣，三个字一句，句式没有任何变化，念着念着，就把人念困了，不像《西游记》之类的小说，读着有味道。

周家到了周有光父亲这一辈，家道正式败落了。过去一家人靠吃朝廷俸禄活着，如今靠山倒了，周有光的父亲作为一介书生，只能靠教书活着。后来也曾办了一个国学馆，但这个国学馆并不赚钱，难以维持生计。最后，一家子不得不背井离乡，到苏州谋生。这一点，周家和张家不一样。张冀牖离开老家合肥不是因为家境败落，而是他想到外面创造一片新世界。

不管最初是什么原因，最终这两家都定居到了美丽的江南城市苏州，有幸成为邻居，最后成为儿女亲家。

周有光的经历和张家姐妹非常相似，在家乡长到十岁，才随全家迁居苏州，来苏州之前，他只是在家里跟着先生上学，到了苏州后，才进入新式学堂读书。周有光天生是读书做学问的材料，他从小就成绩优异，中学毕业考大学的时候，依照当时周家的经济实力，最多也就能供他上免交学费的师范学校，但是，学习成绩一贯优秀的周有光偏不让自己的成绩谦逊一些，他考上了著名的教会学校上海圣约翰大学。周家儿子考成这样，如果坚决不供他上这所好大学，以书香门第著称的周家感觉脸上无光，便咬咬牙，靠着亲友们东拼西凑，凑齐 200 元学费供他进了上海圣约翰大学。他学的专业是经济学，兼修语言学，也就是说，这位后来颇为著名的语言学家最初学的主业是经济，语言学只是兼修的课程。五卅惨案之后，他才改入光华大学继续学习。

因为都是清末的名门望族，都是书香门第，都曾经是家庭私塾的学生，相同的经历，张家的孩子和周家的孩子便觉得特别亲近。

女孩和女孩之间的亲近，让她们成为好姐妹；男孩与女孩之间心灵的默契，让他们的感情变得很微妙。周有光和张允和从第一次见面，目光相互碰撞的那一刻起，就有了与众不同的感觉。他们在一起聊天玩耍很快乐，整个暑期，他们几乎天天在一起，不是张允和去周家玩，就是周有光和妹妹一起到张家玩。《周有光百岁口述》中曾这样写道：

> 放假，我们家的兄弟姐妹，她们家的兄弟姐妹常常在一起玩。苏州最好玩的地方就是从阊门到虎丘，近的到虎丘，远的到东山，有很多路，还有河流，可以坐船，可以骑车，可以骑驴，骑驴到虎丘很好玩的，又没有危险。

事实上，周有光可以很名正言顺地去张家玩，因为张家的住所和学校是连在一起的，去学校必须经过张家。假期孩子们去学校的操场上打球是很正常的事情，许多孩子可以大大方方和张家的孩子交往，周有光也属于这些孩子之一。张冀牖是个开明父亲，从来不阻止女儿们与男孩交往。

暑期过完，学校就开学了，周有光又要去上海读大学。此时，他们彼此忽然感觉到有些恋恋不舍了，未曾离别，已经有了些莫名的心痛。

秋季开学后，他们一个在上海，一个在苏州，只能靠悄悄地思念延续感情。分开的日子，他们心里都觉得酸酸甜甜的——这恰恰是初恋的感觉。

周有光在上海大学毕业，留在那里工作，张允和也到上海上大学了，但他们之间并没有单独往来。

那时节，周有光的姐姐在上海一所学校教书，偶尔回苏州，因为两家住得近，张冀牖便委托她给张允和带些日常用的东西。东西自然是第一时间及时送到了，这件事整个过程周有光并没有参与。一件小事而已，交办的人和办事的人都没写信问一下，倒是听说这件事的周有光给张允和写了一封信，问她东西收到没有。

这封信看似普通，其实是抛砖引玉，想进一步联络感情。

张允和经常会收到本校男学生递来的纸条，但是，像周有光这种正式的信件，却是第一次，何况这个写信的男了恰恰是她所心仪的，所以，收到这封信，她心跳不已，觉得这大约算是一份情书。这算不算情书，她也拿不定主意，悄悄拿给要好的女生看，问她们：怎么办？怎么办？

女同学看了，很释然地告诉她：一封普通书信而已，这里面也没说什么啊。你倘若不回复他，倒显得你心里对他有什么想法似的，就客客气气回他一封信吧。

于是，有意无意地，两个人的通信正式开始了。

他们恋爱了，但是，两个人都不确定这就是爱情，他们相互思恋，依依不舍，这种少男少女懵懵懂懂的情感很美好，没有人阻拦他们，也没有人告诉他们这种纯洁的情感算哪一种，他们之间的关系自然且自由地发展着。

这种青梅竹马的初恋，交往起来很自然。周有光大学毕业了，有了固定收入，虽然工资不是很高，但足以支撑他在自己心爱的女孩面前献爱心。在时尚、开放、浪漫的国际大都市上海，不会浪漫也能把你感染得浪漫起来，更何况周有光和张允和这样的才子佳人，本就有着一身的浪漫潜质。

闲来无事的时候，周有光会约张允和去听音乐会。

周有光喜欢西洋音乐，张允和喜欢昆曲。

中国最美的传统戏剧和西洋最美的音乐是完全不同的格调、完全不同的感觉。不过，艺术是相通的，有着中国传统审美理想的昆曲很美，欧美古典音乐大师的经典乐曲也很美。他们能相互包容，就像他们彼此能互相欣赏一样。比如周有光也能很投入地观赏一段昆曲，张允和也会陪着周有光去听一场高雅的交响乐。

那时节，听一场西洋音乐会是最时尚的娱乐活动。

初夏，法租界的花园，贝多芬交响乐会一般都是在这种环境优美的地方举办。奢侈小众的高雅艺术，一个人一个躺椅，悠闲自在，有些类似于音乐沙龙。这种音乐会的票价通常都非常高，一张票大约两个银元。在上海"大世界"一张门票一两角钱，就可以从白天到夜晚在里面游览潇洒，一个人在这法租界听一场西洋音乐会，相当于到上海"大世界"玩 10 次，确实是很昂贵的消费。

在上海"大世界"听昆曲，张允和无论听多长时间都不会犯困。但是，在雕刻着精美雕花的西式躺椅上，她有时听到一半便会悄悄睡去——毕竟，西洋音乐不是她特别欣赏的。看着她斜倚在躺椅上娇憨美丽的睡姿，周有光无奈地摇摇头。他脱下衣服轻轻为她披上，不敢惊醒她，也不忍打扰她，有她在身边陪伴就是最大的幸福。张允和平日里是个嘴快手快的女孩子，此时此刻却无限静美，西洋音乐仿佛是催眠曲，是这个睡美人梦乡里的背景乐。这个在音乐中静静入眠的女孩子，看上去如女神一般，他有一种想抱抱她的冲动，却不敢贸然行动。

他们的关系，依然处于柏拉图式的精神恋爱，纯洁得连手都没牵一下。

纯纯的爱情，不问结果。两个人只是沉浸在刹那间的美好之中，这是人世间最甜最美的情感。

这种浪漫的纯美交往，于周有光到杭州民众教育学院教书而暂时结束了。两人之间的关系因为两地分离，以至未来的结果又成了未知数。思念、牵挂依旧，书信来往依然，但是，毕竟不在一座城市，不能经常见面。当爱情遭遇分离，便会给未来的结果带来很大的变数；许多爱情，因为分离了，就散了。不知道他们这对恋人能不能成功跨过这道坎。

两个人如若天生有缘，老天也会格外眷顾他们。

就在周有光到杭州工作不久，在上海光华大学读书的张允和也无法读书了。"一·二八"事变，抗战的炮火燃到了上海，张允和想回苏州的家中。可苏州到上海的交通又瘫痪了，张允和只好到杭州的之江大学借读。

于是，他们又聚到了一起。

周有光在杭州很孤独，张允和在那里也无亲无故，两个孤独的人瞬间变成了最亲最近的人。他们忽然发现，彼此是那么依赖。于是他们的接触越来越多，从最初的偶尔约会，到后来的频繁相约。

　　自然而然，他们的恋爱进入了热恋的阶段，按照周有光自己的话说："我到杭州，她也到杭州。常在一起，慢慢地、慢慢地自然地发展，不是像现在'冲击式'的恋爱，我们是'流水式'的恋爱，不是大风大浪的恋爱。"

　　风光旖旎的西子湖畔，曾留下过无数温柔婉约的人间情事，各式各样的爱情故事在这里上演。如今，他们也来了，周有光和张允和，一个是儒雅俊美的书生，一个是风姿绰约的名门闺秀，他们漫步在美丽的西子湖畔，仿佛是来圆一个前生未了的梦。这里，行走着无数如他们这般的小情侣，走在他们中间，再过分的亲昵举动都显得那样顺理成章，再肉麻的情话听起来都像一首绝美的爱情诗。那个夏季，西子湖见证了他们的爱情；白娘子的断桥上，他们用油纸伞撑起一个完美的爱情传奇；古老的苏堤上，柔柔长长的柳丝为他们编织出一曲让人柔肠百转的风月情长。

　　六和塔下，张允和一袭映山红色旗袍，与身着西服的周有光走在一起，任谁看了，都会觉得这对青年男女是天生的一对。那天，周有光特意借了个照相机，为张允和拍下一组美丽倩影。

　　他们喜欢去的另外一个地方是灵隐寺。那个时节的灵隐寺，已经算是杭州一个著名的旅游景点了，规模很大，环境优美。许多个周末，他们便是在灵隐寺度过的。

　　周末，一对小情侣从清晨便踏上去灵隐寺的行程。

　　但寺庙毕竟是佛教圣地，两个人不方便像在西湖边上那样手拉手行走，只能并肩拉开一点距离。走着走着，两只手不经意间就要牵在一起了，却又下意识地立即分开。

这浪漫的心境、软绵的情怀是瞒不住人的，明眼人一看就能洞穿。

两个人苦恋了八年，终于在 1933 年修成正果。

马上要结婚了，一贯自信的周有光此时却心怀忐忑，他爱张允和，只怕美丽娇贵的允和跟着自己受委屈，这是负责任的男人的正常心理。一个好男人真的爱一个女人，就怕那个女人跟着他受苦。他便给她写了一封信："我很穷，怕不能给你幸福。"

他不知道，女人一旦真的爱上一个男人，不会在乎他有没有钱，只要这个男人好好爱她，她便不会觉得委屈。张允和回了他一封足足有十页信纸的长长的情书，告诉他：幸福不是你给我的，是要我们自己去创造的。女人要独立，女人不依靠男人。

他们要结婚了，两个人商量着要举行一场新式的婚礼，如果想让更多的朋友参加婚礼，就必须把结婚的日期定在周末。他们没有请风水先生看黄道吉日，随便选了一个周末便定为结婚的日子，周有光请人印了 200 张喜帖。

喜帖往外发的时候，张家考虑到亲戚中最年长的是大姑奶奶，就先给她送了去。

那时候，大姐张元和还没谈恋爱，三妹张兆和还在和沈从文谈恋爱，允和是家中第一个成婚的孩子，大姑奶奶当然很重视。老太太虽然老眼昏花，但是对娘家侄孙们的婚姻大事却头脑分外清醒，她看了喜帖上的日子，吩咐人拿了黄历来查，查来查去，黄历上说那天不宜婚嫁，因为那是一个阴历的月末，属于最犯忌讳的"尽头日子"。

老姑奶奶让他们重选日子。周有光从来不信邪，这次，他把结婚的日子选为阳历四月三十日，虽然阴历不是尽头，阳历却是真正的尽头。

老太太不懂得阳历，在她那里，这个日期通过了。

张家的保姆们干干们对这个日子不放心，偷偷拿了两个人的生辰八字给算命先生看，算命先生掐算了半天，算出来的结果是："这两个人都活不到35岁。"

张家上下一片惊恐，也就是说，张允和嫁给周有光，不仅仅是结婚日子不合适，原来他们根本不适合做夫妻。

历来不服命运摆布的张允和哪里会听信这个，200张请柬照样发下去，婚礼在上海举行。

那个美好的人间四月天，张允和披上美丽的婚纱，与新郎周有光携手走进上海青年会婚礼现场。

婚礼现场很简单，桌椅布置成马蹄形。据说这样的摆设寓意深刻，马走过的地方，便有路，便有水草，便有生命和希望。

那天的婚礼热闹非凡，亲朋好友欢聚一堂，婚宴是两元一客的西餐。

那天，与众不同的是，他们的婚礼上，四妹张充和演唱了一段昆曲《佳期》，负责吹笛伴奏的是顾传玠——后来，顾传玠成了他们的大姐夫。

从那天起，周有光夫妇携手走上漫漫人生路，一走就是70 年。

他们并没有像算卦先生说的那样活不过 35 岁，张允和2002 年夏天去世，优雅地活到了 93 岁。

叶圣陶说："九如巷张家的四个才女，谁娶了她们都会幸福一辈子。"

周有光娶了张允和，幸福了一辈子。

三小姐一字电文订终身

张兆和与沈从文的爱情，堪称经典。

其实，他们婚后的生活算不上经典，也算不上传奇，结婚之后，如所有的普通人一样，这对才子佳人的婚姻生活也充满着人间烟火，所有爱情中经历过的磨难和酸甜苦辣，他们都经历过。

经典和传奇的是他们的恋爱过程，是沈从文为追求张兆和而书写的，比他的文学作品还有韵味的情书。

这份爱情，于沈从文来说，是他经过了无数生活的风风雨雨，认真考量之后，才决计要追求的。一个从湘西大山深处凤凰城走出来的乡下人，一个没受过什么高等教育，却一心要改变命运的小说家，一个经历过爱情坎坷的浪漫多情男子，他凭着自己的勇气和自信闯荡天下，在中国公学第一眼看到张兆和，他就意识到这是他想要的那个女子。爱情有时候需要一种不顾一切的勇气和锲而不舍的精神，沈从文当初追求张兆和取得最后胜利，凭的就是这种勇气和精神。

这份爱情，于张兆和来说，是猝不及防的。她还没想过自己究竟要一个什么样的夫婿，还没计划开始自己的恋爱，沈从文就闯进来了，他强烈的爱情攻势让她防不胜防。况且，沈从文还有一支强大的援军，张兆和招架不住，便答应了。这份爱情于张兆和是不公的，沈从文究竟是一个什么样的人，直到沈从文过世后她才仿佛弄明白。这一生，她不知道自己究竟爱他有多深，不知道平日他脑子里都在想些什么，不知道自己的爱情究竟是幸还是不幸。

他们的爱情故事，是在中国公学拉开序幕的。

1929 年，沈从文经徐志摩介绍，到中国公学当老师，校长胡适是徐志摩的好朋友。像沈从文这样的纯文人，最适合在胡适这样懂行的领导手下工作。

沈从文是一个好散文家、小说家，却算不上一个好老师，至少他刚刚进入中国公学的时候是这样，毕竟他第一次上课就闹了笑话。提前备好了课，教案做得也不错，走上讲台他脑子里却成了一片空白，看着台下黑压压的学生，他不知道该怎么办了，傻傻地站着，至少有十分钟时间他就是用这种状态一言不发面对台下无数双眼睛。同学们可是第一次见到这样的老师。等到沈老师终于讲课了，却只用了十分钟就把原计划一个多小时的讲义匆匆忙忙念完了。然后他又不知道该怎样应对剩余的时间了，只得尴尬地在黑板上写下：今天是我第一次登台上课，人很多，我害怕了。

那天，张兆和也在现场，她本是中国公学大学部外语系的学生，而沈从文则是中国公学国文系的教师，她这天是去蹭沈从文的课。

一个蹭课学生，本是慕名而来的，看着台上的老师一脸无助可怜兮兮地站在那儿，张兆和也觉得这个打扮得像新姑爷似的老师有些笨。

想不到这个笨乎乎的老师居然暗恋上她了。

沈从文天生是聪明人，他终于度过了这段教师生涯的生涩期，再讲课的时候便自如顺畅了，也敢于正视台下的学生了。

张兆和本来听他的课就是蹭课，可来可不来的。沈从文也就是偶尔能从台下的学生中见到张兆和，就是这样的偶尔，却给他留下了深刻印象。这个女孩很纯美，与众不同，让他一下子找到了心动的感觉。

沈从文的心动是单方面的，张兆和从来没有把任何男孩放在心上。她天真而单纯，不懂得怎样讨男孩喜欢，不懂得怎样打扮自己。姐姐妹妹们都把自己打扮得很美丽，她们在穿着打扮上都有自己的想法。张兆和则从来不在这方面动脑筋下功夫，她永远是一身素色衣衫，最时尚的装扮也不过是阴丹士林蓝布做面料的直腰款旗袍，天凉的时候，搭配上一条白色围巾。恰恰是这朴素的装扮，更加衬托出了她冰清玉洁的美。

事实上，按照校园里的审美标准，张兆和恰恰是青年男教师和男学生最欣赏的那种美女。这让小资情调浓郁的张家二小姐张允和有些搞不懂，一贯不事装扮的三妹，哪来的这么大魅力，在校园里那么受青睐。

张兆和那个时段确实有很多的追求者，她经常会收到男生写给她的情书。这些写情书的男生其实都不太自信，给她送情书的时候，一律鬼鬼祟祟的。这些情书有的写得很生动，有的写得很直白，有的欲言又止，但是，没有一封令张兆和心动。她已经收到至少十二个男生的厚厚一沓的情书了，这反而让她很心烦。

张允和那段时间也在中国公学上学，她责无旁贷地担当起了帮妹妹审读整理情书的重任。这些自不量力的追求者，被张家二小姐一一编号，从"癞蛤蟆一号"排到了"癞蛤蟆十二号"。

沈从文在他来到中国公学的第一个冬季，也加入到了给张兆和写情书的"癞蛤蟆"行列，荣幸地成为"癞蛤蟆十三号"。

对于沈从文来说，他可不是跟风。张兆和是他一见钟情的女孩，他喜欢她课堂上安安静静的样子，喜欢她在操场上甩着秀发吹口琴潇洒随意的样子，喜欢她在篮球场上活泼率真的样子。他默默爱上了这个模样俊俏、皮肤有些黑的美丽女孩，他不满足于这种痛苦煎熬的单恋，就开始给心仪的女孩写情书。

他在恋爱方面的经验并不比他的学生强，但是，他比任何一个追求张兆和的男同学都执着。他前面的十二个"癞蛤蟆"受到挫折都元气大伤，一个个都悄悄退到了一边，唯有这个自不量力的"癞蛤蟆十三号"，一直坚持不懈地写着情书。

沈从文的第一封情书其实不过是一个小纸条，上面只有几个字：我不知道为什么忽然爱上了你？

纸条最后的署名是 S. 先生，也就是"沈"字的拼音缩写。

见过无数个小纸条的张兆和，对此见怪不怪，就这样的表白，张兆和见得多了，所以根本没把这件事放在心上。

沈从文虽然没收到回信，但是也没得到拒绝。他和那些乳臭未干的学生的思想理念不一样，他们受到一点挫折就放弃了，可沈从文习惯了受挫折，而且愈受挫折愈加坚强。

沈从文的祖上是清朝的汉人武将，也曾是大户人家，后来渐渐沦为平民，祖父是马贩，赶上太平天国运动想闹革命求翻身，后来不过做了个小提督。父亲也想靠着枪杆子彻底翻身，在大清兵营却也不过是个小军官。沈从文青年时代也想靠军旅生涯打翻身仗，他十五岁就参加了湖南的军阀部队，闯荡了五年，可是并没有闯出什么名堂。后来回故乡的警察所里当了一名收税员，也有过凄美的初恋，却是无果而终。

湘西的凤凰城景色秀美，乡风淳朴，但是，拴不住沈从文的心。骨子里浪漫的他，不能满足于这种平淡的生活。终于，在二十岁的某一天，他背上行囊走出湘西，来到了遥远的北平。他感觉自己是做文人的材料，这辈子一定能成为一个有点建树的文化人。离开故乡的时候，他就下定决心：不活出个样子，绝不再回湘西老家。

在北平银闸胡同租的一个由储煤室改造的小房间，便是沈从文笔下的"窄而霉小斋"。在那里，他凭着自己的毅力，开始了艰苦的写作生涯，屡战屡败，屡败屡战。最后，在文坛上胜出，沈从文由写手一步步成为著名作家。

有过各种失败教训、成功经验的沈从文，在爱情上也复制他屡败屡战的做法，他相信自己的能力和毅力。

张兆和收到沈从文的纸条后，并没有任何反应，没有答应他，当然也没有坚决回绝他。然而，沈从文却觉得这就说明他还有机会。

从此以后，一封封文字优美的情书源源不断地送到了张兆和的手上，每一封都文采飞扬。沈从文那时候已经是小有名气的作家，作家写情书，一般人只能甘拜在他手下。

一开始是偶尔写一封情书，后来是每天写一封，到最后，沈从文每天都要写十几封情书送到张兆和手上。这些信张兆和是不是尽阅，没人知道。反正无论沈从文写多少信，都是有去无回，沈从文从来没收到过张小姐的一封回信。

沈从文的单方面情书写得很带劲：

> 我曾做过可笑的努力，极力去和别的人要好，等到

别人崇拜我，愿意做我的奴隶时我才明白，我不是一个首领，用不着别的女人用奴隶的心来服侍我，但我却愿意做奴隶，献上自己的心，给我爱的人。我说我很顽固地爱你，这种话到现在还不能用别的话来代替，就因为这是我的奴性。

这情书带着献谄的卑微，爱上一个人，便会从高傲变成卑微，且卑微到尘埃中并开出花来。

他的情书这样写：

莫生我的气，许我在梦里，用嘴吻你的脚。我的自卑，是觉得如一个奴隶蹲下用嘴接近你的脚，也近于十分亵渎了你的美丽。

他最经典的句子是：

我一辈子走过许多地方的路，行过许多地方的桥，看过许多形状的云，喝过许多种类的酒，却只爱过一个正当最好年龄的人。

这种强大的爱情攻势，没有令张兆和折服，却成了全校上下皆知的一个桃色新闻。几乎所有人都知道，那个戴着近视眼镜的书生气十足的作家教师沈从文，在苦苦追求校花张兆和。

张兆和被他弄烦了，倒不是因为他延绵不绝地表达着对一个女孩的倾慕，她烦的是这件事弄得全校上下沸沸扬扬，有辱自己大家闺秀的名声。

张兆和对沈从文的骚扰终于忍无可忍了，她拿着情书很冲动地去找校长胡适讨说法，状告沈老师骚扰自己。

沉重的情书被张兆和抱进校长办公室。一进门，张兆和就脸色绯红、结结巴巴地对校长诉说起自己的烦恼。这些话作为一个矜持的女孩子不好开口，她花了很长时间才鼓起勇气来告状的。

胡校长很偏袒自己的教工，似乎没感觉沈老师的这种行为有什么不妥，甚至还劝说张兆和：他顽固地爱着你。

张兆和委屈地说：但是我顽固地不爱他。

胡校长说：沈从文是天才，是中国小说家中最有希望的。

张兆和说：他是不是天才，和我爱不爱他没关系。

胡校长恳求张兆和再给他一次机会，并说，要不要我找你爸爸把这件事谈谈。

张兆和还是第一次遇到这样的校长，她没讨到说法，只得悻悻离去。

回到宿舍，她回想胡适的那些忠告，觉得还是不能认同，她曾在日记中写下过这样的话：

胡先生只知道爱是可贵的，以为只要是诚意的，就应当接受，他把事情看得太简单了。被爱者如果也爱他，是甘愿地接受，那当然没话说。他没有知道如果被爱者不爱这献上爱的人，而只因他爱得诚挚，就勉强接受了它，这人为的非由两心互应的有恒结合，不单不是幸福的设计，终会酿成更大的麻烦与苦恼。

过后，胡适反思这件事，觉得大约张兆和真的一点都不爱沈从文，爱情是两个人的事，既然这个女孩不爱沈从文，那就也不能强求，于是就给沈从文写了一封信，劝告他：

这个女子不能了解你，更不能了解你的爱，你错用情了……不要让一个小女子夸口说她曾碎了沈从文的心……

沈从文并没有因为张兆和的这次告状和胡适的劝告而偃旗息鼓，他反而再接再厉，为爱痴狂。

一个男人这样不顾一切地深爱自己，张兆和有些动心了。慢慢地，张兆和把阅读沈从文的情书当成了一种习惯和娱乐活动。

后来，沈从文不在中国公学教书了，他受聘到青岛大学任教。身处异地，或许，这场近乎疯狂的爱情追逐该结束了吧。

疯狂的程度确实降低了，但是，爱情并没有结束，沈从文的情书穿越千山万水依然如期到达，只是，情书中的语气不再痴癫，仿佛一下子成熟了许多，他的情书变得安静了：

我希望我能学做一个男子，爱你却不再来麻烦你。

我爱你一天总是要认真生活一天，也极力免除你不安的一天。为着这个世界上有我永远倾心的人在，我一定要努力切实做个人的。

张兆和没想到自己最终会成为这场爱情的俘虏。一开始她是身陷重围的，后期，沈从文在爱情的战场上不再慌乱地追逐，情书日渐稀少，她却不习惯这种平静了。事实上，她已经开始依赖这种被爱的感觉，她甚至在日记中为沈从文写道：

> 自己到如此地步，还处处为人着想，我虽不觉得他可爱，但这一片心肠总是可怜可敬的了。

沈从文大胆追求真爱的勇气渐渐被张兆和所接受，她不再讨厌沈从文，他从青岛寄来的每一封情书，她都会认真阅读。

一晃就是三年，三年的时间对于一场爱情来说，其实很漫长。

1933 年暑期，张兆和大学毕业回到苏州，此时如果关系再没有新进展，几年的努力就白费了。

沈从文把追赶爱情当成第一要务，立即从青岛追到苏州。此时张兆和已经开始默认他们的关系了，再加上沈从文有一个强大的爱情参谋团队，胡适、巴金，甚至张兆和的二姐张允和，都充当他的参谋，替他出主意、想办法，明着暗着替他说话，张兆和一个人的坚持终究抵不过一个团队的智慧，她已经被逼得无路可退。她觉得，不管他的热情是真挚的，还是用文字装点的，她总这样冷漠下去，所有的人都会认为她做错了，弄得她自己也有些不好意思了。让一个深爱自己的人陷于不幸中的难过，那她岂不是太冷酷了。

她开始让步了，尽管她也不知道自己是不是爱这个作家，但是，决定接受他。

她的让步令沈从文欢欣鼓舞，他决定趁热打铁，去苏州看望她。

乍一看沈从文木讷迂腐，其实那只是表面上的。走南闯北并闯出了一定知名度的沈从文，他的木讷背后，自有别人看不透的睿智。

夏日的那个上午，沈从文第一次到苏州九如巷的张家拜访。他兴奋中夹杂着忐忑，寻找到九如巷半边街上那个黑漆大门外，他轻轻叩响了门。

开门的是张家的用人，问清楚了门外这个穿着灰色长衫、戴着圆框近视镜的男青年姓沈，是从青岛来找三小姐张兆和的。

用人说三小姐不在家，刚出去。

来人说，那就找二小姐张允和吧。

用人呼唤在闺楼上的二小姐出来接待客人。

二小姐张允和闻讯来到大门口，认出来人是沈从文，便把他让到屋里，告诉他三妹到图书馆看书去了，一会儿回来。

沈从文进了屋，并不落座，他不知所措站在那里，结结巴巴地说："我住在近处的一家旅馆，等兆和回来后，让她去找我。"

让三妹去旅馆里看他？这个书生看来还是很迂腐。张允和无奈地摇摇头说："那好吧。"

午间，张兆和回家了。二姐告诉她，沈从文来家找过她，并说既然知道他今天来，她就不该去图书馆看书假装用功。其实谁都能看明白，这明明就是在躲着沈从文。

张兆和替自己辩解："谁知道他这个时候来？我不是天天去图书馆吗？"

张允和把沈从文居住的旅馆名称和房间号告诉她，催她快些吃饭，吃完饭去旅馆看望沈从文。

一听说还要让自己去旅馆看他，张兆和便要开了小姐脾气："你是说让我去旅馆看他？怎么可能？我是不会去的。"

二姐本来不是个有耐心的人，这一次一反常态，很有耐心地劝兆和："他是你的老师，老师远道来看学生，学生不去回访，这多不礼貌。"

一想到真的要和沈从文进入恋爱模式，张兆和还是有些不情愿。她为难得一声不吭，不断地在那里摇头叹息，终于轻声说："见了他，我怎么开口，说些什么？"

张允和替她出主意："你就说，我家有好多个小弟弟，很有意思，请到我家去。"

张兆和同意了，她决定按照二姐说的，去见见"骚扰"了自己这么多年的那个人。

不知道张兆和去了旅馆后，是不是按照二姐教她的话说的。总之，去了没多长时间，她就把沈从文带回了家，让5个小弟弟轮流陪他，她自己却逃到一边清闲去了。

沈从文并没感觉自己受了多大的冷落，能见到张兆和并跟着她走进张家大门，他已经受宠若惊了。对付这些小男孩们，沈从文自有他的办法，他是小说家，会讲故事，靠这个哄好未来的小舅子绝对不是问题。特别是天真可爱的小五弟，对这位沈哥哥简直是崇拜极了，五弟听故事入了迷，一定要听着沈哥哥的故事入眠。

在苏州的日子里，沈从文每天清晨到张家报到，深夜才离去。他知道三小姐并不是十分认可自己，便把张家的兄弟姐妹们都哄得高高兴兴。

不管张兆和自己通过没通过，反正在兄弟姐妹的心目中，这个沈先生已经通过了他们的考察。

张兆和不得不默认了这份感情。她暗自劝自己，接受他吧，接受他吧，再拒绝他，就等于得罪了所有人。

张兆和的默认，让沈从文快乐得像个孩子。回到青岛，他依然采取曲线救国的方式，给二姐张允和写了封信，托付她询问一下父亲张冀牗对这桩婚事的态度，他告诉张允和：如果父亲同意，早点儿告诉我，让我这个乡下人喝杯甜酒吧。

对儿女的婚事，张冀牗的态度是：一概由他们自理。

没说反对，便等于同意。

张允和受人之托，当然要第一时间告诉沈从文。

此时的张兆和再拿捏着也没什么意义了，不管爱与不爱，不管爱他多少，现在，既然已经决定要嫁给他，便要换作另一种姿态。她随着二姐张允和一起去邮局，给沈从文发电报传递消息。

张允和拟的电文全文是："山东青岛大学沈从文。允。"

前面是收件人姓名，后面是发件人的名字，表面上看这个电文只有一个"允"字，但就这一个"允"字，便告诉了沈从文一切，这件婚事，允了。

这便是传说中的一字电文订终身。

张兆和拟的电文是："乡下人，喝杯甜酒吧。"

电报员不明白两位小姐在这里打的什么哑谜，问她们："就这么发吗？"

姐妹俩说："你照发好了。"

漫长的爱情长跑终于以沈从文的胜利而告终。

订婚之后，张兆和便把自己的身姿放到了尘埃中。像所有的小女人那样，她开始以夫君为中心，从苏州去到青岛沈从文的身边，在青岛大学图书馆找了份工作。

从来没有正式面对面谈过恋爱，仅靠情书交流的一对情侣，当他们真的走近了，才发现其实他们的生活差异很大。沈从文的生活过得一塌糊涂，从来就不会料理自己，永远是一副贫困潦倒的感觉。他曾经悄悄把张兆和的一枚戒指当了，以解燃眉之急，原想等发了饷银便从当铺取回偷偷放回去，忙来忙去最终却忘了这件事。

张兆和替他洗衣服的时候从衣袋里发现一张揉碎了的当票，这位大家闺秀心中的委屈可想而知，她强忍着没让泪水流下来。

既然已经选择了他，不管他怎么样，都要不离不弃。张兆和强迫自己必须爱这个即将成为自己丈夫的男人，未来漫长的一生，不管快乐与否，她将要陪伴这个人慢慢走下去。

四小姐大龄女嫁给外国帅哥

张家四小姐充和与三个姐姐的性格都不一样。

张家的四个小姐每个人都有自己独特的个性。也许因为张充和从小跟随叔祖母在合肥长大，不一样的成长环境，不一样的水土，使她的个性柔中有刚。她的性格看上去比任何一个姐姐都温顺，可这个安安静静的小妹却比任何一个姐姐更有主见。她的性格和气质，更符合传统淑媛的标准。

在爱情这件事情上，张充和不似大姐那般痴情，不似二姐那般浪漫，不似三姐那般随缘，她一定要寻找到一份适合自己的爱情，绝不凑合。如果没遇上合适的人，她便等，一直等到那个人出现。如此这般，或许一辈子遇不到真爱，或许永远也等不到合适的那个人。但是她坚持等待，绝不随意降低标准，更不强迫自己随遇而安。

最终，她等来的是一个黄头发蓝眼睛的外国男子。当她对这个男子开始心动时，她也被这真正到来的爱情吓了一跳。

原来，自己苦苦等待的居然是他。

张充和一直不缺爱恋者和追随者，对她最痴情的男子，就是民国诗人卞之琳。他有一首很有名的情诗，许多人都会背诵：

> 你站在桥上看风景，
>
> 看风景的人在楼上看你。
>
> 明月装饰了你的窗子，
>
> 你装饰了别人的梦。

这首《断章》其实是从他的一首长诗中节选下来的，被认为是中国现代文学史上文字简短却意蕴丰富而又朦胧的著名短诗。写这首诗的时候，卞之琳25岁，正是多情的青春时期。他的这首诗，便是为自己深深爱恋着的女孩张充和写的。

卞之琳与张充和爱情故事的传奇程度不亚于沈从文与张兆和。只是，沈从文追求张兆和以胜利告终，一个传奇画上了圆满的句号，而卞之琳追求张充和却是一场苦恋终成空，落得叹息一片。

卞之琳当年也如同沈从文爱上张兆和那般，痴痴爱恋着张充和。

卞之琳本来就是江苏人，与把家安在苏州的张家算是老乡。因为文学，他和沈从文走得很近。

那个时代，正是新诗兴起的时代，许多青春少年迷恋上了新诗，卞之琳也属于迷恋新诗的少年之一。他比张充和大四岁，当时正在北大英文系读书，因为喜欢新诗，和徐志摩亦师亦友，因为徐志摩，他走上文学之路，融入京派文人圈子中。此时，沈从文是京派文人圈子中一枝已经开始走红的新秀，所以顺理成章地，卞之琳也结识了沈从文。

从北平到上海，辗转山东，最终回到北平，沈从文走了一圈，卞之琳始终是他文化界的一个好朋友。沈从文在青岛教书的时候，卞之琳为了自费出版自己的第一本诗集《三秋草》，曾到青岛找沈从文筹资，为此，沈从文到当铺当了许多东西，才替他凑够了出版费。那个时候，沈从文也正为自己的婚礼四处筹款，连婚姻大事都搁置到一边，却对朋友慷慨相助，可以想见两个人的关系是非常不错的。

1933 年秋天，沈从文和张兆和结婚，新家安在达子营 28号。张充和从苏州赶来参加三姐的婚礼，来了之后便住下不想走了，她不想走的原因是厌学。从小在合肥老家跟着叔祖母识修接受传统教育的张充和，不习惯在新式中学上课，也不喜欢乐益女中那些纪念日活动。

考上北大后，张充和搬离姐姐家，在学校外面租了间公寓住着，周末便来达子营看望三姐。三姐家那阵子很热闹，姐夫沈从文的好朋友巴金正客居在家中，恰好二姐张允和也聚在了一起。充和来了，觉得这个氛围亲切又热闹。

那时候张充和刚刚以数学零分的成绩考上北大，这件奇事成为那天的话题，充和便成为那天话题的重点。大家正在热聊的时候，卞之琳来了。他默默走到远处，听这个美丽的女孩在那儿柔声细语地说话。

二姐张允和认识卞之琳，便悄悄把他叫到自己身边，说给他介绍一个新同学认识。

这个新同学，就是正在那儿说话的张充和。

张允和说，你是我四妹的师兄兼老乡，以后多关照她。

张充和大大方方地对他笑笑。

这莞尔一笑，让卞之琳明白了什么叫作一见钟情。

人世间的许多相识都是一场擦肩而过的过眼烟云。张充和也像她十九岁的生命中遇到的所有匆匆过客一般，对这位姐夫的朋友相逢开口笑，过后不思量。她不是诗人，虽然有些喜欢新诗，并没有到痴迷崇拜的地步，他们之间并没有太多的交集。

卞之琳从看到张充和的第一眼，就一下子被这个女孩与众不同的气质所吸引。他见过无数江南女子，如充和这样有韵味有内涵的女子，还是第一次见到，他不仅惊艳于她的貌，也惊艳于她的才。从见到张充和的那一刻起，这个江南才子便暗恋上了她。

暗恋是一种最折磨人的情感，傻傻地爱着，表白不妥，不表白又不安。自古以来，多少暗恋终成一种绝望的爱，而不能天长地久两情相悦。

那时候的卞之琳便对张家四小姐陷入了这种痛苦尴尬的情感之中。

沈从文家成了卞之琳常去的地方。去了，张充和未必在，因为她有自己的住处。碰巧赶上她在的时候，也许她正帮着姐姐忙些事情，他就坐在住所门口的槐树下，默默陪着。忙着的充和最多对他报以礼节性的微笑，于他，便足够了。

靳以、郑振铎、巴金筹办了一份刊物《文学季刊》，这个刊物的附属月刊《水星》由卞之琳主办。

张充和经常到三座门大街那家刊物的驻地去帮帮忙，大家都很喜欢这个知性但又不失活泼的美丽女孩。

考上北大后，张充和的性格比过去开朗多了，她不再是当年那个厌倦集体活动的小女生。她的装束也添加了许多时尚元素，美丽的秀发上斜戴着一顶小红帽。因了这顶别具特色的小红帽，北大的男生们都管她叫"小红帽"。

这个戴小红帽的女生曾在刊物编辑部同仁们的陪伴下，在附近的照相馆照过一张艺术照，照片上的张充和歪着头，一只眼睛睁着，一只眼睛闭着。她对这个表情的解释是睁一只眼闭一只眼看人世。这种表情的照片对于今天的女孩来说，属于常态表情，但是在民国时代，却是非常有个性。这样的照片，作为艺术照自己欣赏也就罢了，张充和居然还拿着它去学校的游泳馆办理游泳证。

游泳馆的管理员为难地看着这张照片说："这个不行，不能当证件照。"

这事放在今天也会被告知不行，证件照必须是正面免冠照片。张充和偏要问明白为什么这张照片不行，难道不是本人的照片吗？

管理员回答："你这照片上有一只眼睛是闭着的，所以不行。"

张充和的犟劲就上来了："如果来办证的只有一只眼睛健康，难道你就剥夺了人家游泳的权利？"

据说，后来她的游泳证就是用的这张照片。

张充和在学校的课余生活是很丰富的，除了游泳，她喜欢看昆曲唱昆曲，忙忙碌碌的，并没有心思谈恋爱，没有哪个男子能入她的眼。卞之琳对此事权衡思量，终于没敢贸然示爱。后来二姐张允和也曾经有意撮合他们，张充和用一句玩笑话就把卞之琳基本否定了：他的外表，包括眼镜在内，都有些装腔作势。

内心无比强大的张充和觉得卞之琳不过就是个不成熟的文艺男青年，他缺乏深度也就罢了，偶尔还喜欢在人前卖弄。张充和欣赏那种深沉厚重的男人。

卞之琳就这样被婉拒了，但是依然心存不甘，他固执地爱着她，偷偷爱着。

大学没有读完，张充和就因为一场肺结核病休学回苏州养病了。

卞之琳的单恋变成了彻底无望的单恋。他被深深的思念折磨着，那首《断章》就是这个时候创作的。诗情画意的优美意境背后，是一种"丁香空结雨中愁"的惆怅。

张充和回苏州的第二年秋天，卞之琳利用回故乡为母亲奔丧之机，绕道苏州去看望张充和。

幽居在闺房中，百无聊赖的张充和见到卞之琳，眉宇间重现久违的笑容。尽管有大姐陪伴，她依然是寂寞，卞之琳的到来打破了她的平静，她的快乐来自这长时间的幽静中，终于有了一点风吹草动的变化，她陪着卞之琳几乎游遍了苏州的名胜古迹。

卞之琳受宠若惊，他们宛若恋人一般行走在苏州画境般的美景中。卞之琳心里明白，他们不是恋人。他曾经伤感地表白过：隐隐中我又在希望中预感到无望，预感到这只是开花不会结果。

之后，张充和身体完全康复，回到北平。两个人的关系若即若离，不是恋人，亦非知己，还异于普通朋友，彼此的关系就这样毫无起色地行进着。抗战爆发后，张充和回合肥躲避战乱，卞之琳辗转到成都的四川大学文学院任外文系讲师。

人在成都，卞之琳心中挥之不去的是张充和的美丽倩影，他鼓起勇气给远在合肥的张充和写了封信，邀她来成都。这封信发出后，卞之琳并没有抱多大希望，因为张充和在他面前永远像高高在上的公主。没想到的是，接到他的信，正在故乡忍受寂寞和惊恐的张充和便带着大弟和堂弟出发了，一路奔波到了成都，一则是因为他这封信，二则是因为二姐张允和也在成都。

到了成都，充和的落脚点在二姐的住处，虽然不再隔着千山万水了，但同城之间，卞之琳与张充和见面的机会也不是很多。不过，那段时间他们通了许多封信，这些书信是温暖的，充和百无聊赖的心有些向卞之琳倾斜了，却因为卞之琳不懂得怎样经营爱情而把事情弄得很糟糕。

爱情的初期往往是隐秘的，卞之琳却搞得动静很大，川大的教授们经常会人前人后拿着这个爱情故事打趣。一向把尊严看得比生命都珍贵的传统闺秀张充和接受不了这样，她清高、独立、自尊，不喜欢让自己成为别人茶余饭后的娱乐谈资，一气之下悄悄离家出走。

张充和突然失踪，让刚刚有了一点初恋感觉的卞之琳追悔莫及。

那个失踪的失意女子独自去了青城山，她想让自己静一静，安安静静想想自己的婚姻和爱情。冥思苦想了十多天，她顿悟：卞之琳是个好人，但是不适合自己，她应当断然放弃这份还没有正式开始的爱情，去寻找真正属于自己的那份感情。

她想：倘若卞之琳几天之内来找她，她或许还可以接受他。

等了十多天，等来了寻找她的四弟，卞之琳却没有一同上山。他不敢去面对她，这样，他便彻底失去了属于他的机会。

此后，再动人的情诗也难挽回她的心。卞之琳写了一首很美的情诗请张充和看。充和只是扫了一眼，冷漠地答复了一句：写得真好。这句话透着疏离。依照卞之琳的聪明，他立即明白了，他从此永远不可能再有任何机会。带着无限的失落，卞之琳选择离开这个伤心地去延安，从此他们变成了陌路人。

对这段情，卞之琳一生都难以割舍，从此不论哪个女人都难以走进他的情感世界。他一厢情愿地坚持给充和写信，默默收集充和的诗歌、小说，并拿到香港出版，而这一切充和并不知情。他不需要她知道，他爱她，愿意为她做事情。他一直不想走进婚姻，直到四十五岁时，才和结过两次婚的三十四岁女子青林结婚。即使这样，他还是忘不掉张充和，把这份纯洁的暗恋坚守了一生。1980年，卞之琳作为大陆的访问学者在美国再次见到张充和时，他们已经三十多年没见面，都已是白发苍苍的老人。不管当初他们在彼此心里是什么样的情，最终都化成了浓浓的亲情，无需多言，双手紧握在一起格外亲。

在西南一个叫作呈贡的小镇上，张充和与三姐兆和一家住过一段时间。在那个偏远的小地方，虽然住着许多文化人，充和的气质依然是出类拔萃的。因为是少有的单身女性，便更加容易吸引大家的目光，特别是多情的文人墨客。据说有一个姓方的书生，是研究甲骨文和金文的专家，经常用甲骨文给充和写信，这个人长得很怪，不修边幅，信也写很怪，且用的是生涩难懂的甲骨文，一写就是几页信纸，充和基本上看不明白他在写些什么，便无奈地说："他一写就是好几张信纸，我相信一定写得很有文采，可是我看不懂。"这样的追求者，成功率又能有多高呢？

既然没有合适的夫婿人选，便虚位以待，她说不急。

抗战胜利了，她的婚姻却没有任何进展。

抗战结束后，1947 年，张充和从大西南又回到北平，找到一份在北大教授书法和昆曲的工作。那年秋天，无意中，她认识了姐夫沈从文的一个朋友傅汉思。

没人想到她和傅汉思会发展成恋人关系，因为傅汉思是金发碧眼的外国人。他是出生于德国的犹太人，知识分子家庭，因为战争所迫，十八岁便流亡异乡。他比张充和小三岁，到中国来学习语言，有一些猎奇的心理，听说汉语是世界上最难学的语言，他想挑战自己，来探求一下最难的语言究竟有多难。

于是，他认识了沈从文，成了沈家的常客。

这个外国人用并不是很流利的汉语和张家四小姐交流起来，他的汉语说得还有些生硬，但是基本能表达明白他想表达的意思。张充和会说些英语，如果和外国人用英语对话，就有些困难了。就是依靠这种交流方式，他们居然磕磕巴巴交谈起来。

一对跨国界、跨种族、跨宗教、跨文化的男女谈起了那个时代并不时尚的跨国恋，从相识到相恋，顺理成章，他们越走越近，由朋友发展成了恋人。

谁都看不明白，那个外国人有什么好，张充和莫名其妙会爱上他。她的国学修养和古典文化造诣那么深厚，而且她那样一个骨子里很传统的女子，怎么会喜欢上一个外国人，他能懂她吗？

世间的许多爱情便是在熟与不熟之间，懂与不懂之间；熟了，懂了，一切便不神秘了，也许就没有爱情了。

比如，张充和与卞之琳之间，她太了解他这一类的文人，把他看得通透，爱情便没了藏身之地。

那个外国人傅汉思用半生不熟的汉语，俘虏了一代才女的心，她爱上他了，也从他那灰蓝色的眼睛中读到了爱情，她决定嫁给他。

当张充和把自己决定嫁给傅汉思的消息告诉家人的时候，家里人都震惊了一下子，然后就安静下来了。毕竟，她有了嫁人的决心，不管是中国人还是外国人，嫁了，总比这样落单好。再说，这个外国人是研究汉语的，两个人有共同语言。

他们真正恋爱的时间并不长，经过了短时间的恋爱，便进入婚姻程序。婚姻质量的好坏，与恋爱时间的长短并不一定成正比。恋爱时间长了，有些本来很好的爱情却因了时间而走向终点。

1949 年 1 月，张充和跟随傅汉思远渡重洋去了美国。那个未知的陌生地方，与她喜欢的中国传统文化很遥远，但是，她还是选择了那里。

他们是从上海出发的。走的时候，天气分外寒冷，寒风中的她提着一个不是很大的箱子，紧随傅汉思踏上客轮的甲板。箱子里有一些换洗衣物，有一方朋友赠送的古砚，还有几支称手的毛笔和一盒古墨。上船前，她把其他物品办了托运。她托运的物件也与众不同，没有别人眼里的那些贵重物品，只是一些文化书籍、宣纸以及名画画轴。她知道，即使再贵重的生活用品在美国都能用钱买到，而她带走的这些东西在异国他乡是买不到的，她要用这些去填充自己的未来。

踏上甲板的一刹那，张充和的心里有一丝怅然若失，有一丝对未知生活的不安，但是，那些情绪瞬间便随着寒风悄悄散去。她是一个有主见的女子，既然自己决心要和傅汉思到国外去发展，不论前面的道路上有什么，她都相信自己能一步一步走下去，她从小就是一个自信的女孩。

她出国前就已经为自己设计了一条靠中国文化谋生之路，到了美国之后，她不但依靠中国传统文化生存，连傅汉思一生的饭碗也没有离开中国文化。傅汉思依靠中国文学的底子，应聘耶鲁大学教授中国诗词，张充和则在耶鲁大学美术学院教授中国书法。

他们虽然离开了中国这块土地，却一直在异国他乡传播中国传统文化。张充和不但让自己保持着原汁原味的传统大家闺秀气质，把她的洋丈夫也培养成为地地道道的中国书生。半个世纪过去了，人们蓦然发现，中国的大家闺秀们几乎已经不存在了，但在遥远的美国，却还有一个活化石，于是，她成为人们心目中最后的大家闺秀。

第四章

生活篇

在台湾谢幕的悲剧演员

嫁给了一代昆曲名伶的张元和，结婚之后，便开始了夫唱妇随的生活。

爱他，便一切随他、从他，把自己的一切色彩打包隐藏起来。从此，她便只是顾传玠的妻子，这就是传统女子张元和后来的生活。

她接受的是新式教育，她曾经是新女性，但是，她骨子里还是像母亲一样的传统女子。顾传玠在唱昆曲方面是天才，做别的事情却不怎么擅长，张元和从来不后悔自己嫁给了他，一生中对顾传玠从未有半句怨言，不管这个男人的决定是对是错，她都无条件地服从：他说办农场，她支持；他说去台湾，她支持；他说经商，她支持……

她的爱情信条是，爱他就要无条件地服从和顺从，哪怕最终迷失了自己。

她把婚姻当成自己的事业来经营，从中寻找快乐。

当初，在结婚之前，她对这桩婚事还犹豫不定，那时她在给四川躲避战乱的二妹允和的信中说的是："我现在是去四川还是到上海一时决定不了，上海有一个人对我很好，我也对他好，但这件事是不大可能的事，这件事是婚姻大事。"一贯做事果断，敢于拍板的二妹，当即给她指明方向："此人是不是一介之玉？如是，嫁他！"

从得到二妹支持的那一刻起，她对顾传玠的爱情就再也没有动摇过。人们都觉得张元和与顾传玠结婚，算是下嫁，连他们结婚时上海各式各样的报纸上，都写满张元和下嫁的花边新闻。但元和对此充耳不闻，不顾一切地嫁给了他。

婚后，他们租住在上海愚园路，张元和美丽的面庞上永远带着平静的幸福、满足的笑意。她和顾传玠双双对对出入各种场合，她衣着得体，高雅中透着时尚，连四妹都羡慕大姐比自己会打扮。四妹张充和曾经说过："大姐端庄秀美，穿衣服的颜色也好，式样也好，都非常雅致和得体。"好女人不但要把自己装扮得漂漂亮亮，也要让自己的另一半体体面面。原本就生得俊俏的顾传玠，被张元和打扮得西装革履，从头到脚都收拾得一丝不乱，两个人相携走进任何一个场合参加活动，都是一道亮丽的风景。

　　他们婚后的生活平淡而温馨，在严惠宇的支持下，顾传玠继续做生意。严惠宇是个很有度量的人，并没有因为顾传玠不肯娶自己的女儿而怨恨他，而是一如既往地信任、支持顾传玠。当初资助顾传玠上学的时候，严老板就觉得他是个人才，如今顾传玠成家了，严老板依然想帮助他成就一番事业。

　　顾传玠在唱昆曲上是个很有悟性的人，但是，经商的时候，唱戏的那点灵性就跑得精光了。他这个人注定不是搞实业经商的材料，却为了摆脱戏子低下的社会地位，硬撑着去做他根本就做不来的事，终究还是不行。他几乎是做什么亏什么，他开过中药店，当过烟厂的经理，做过股票经纪人。那家叫作上海大东烟草公司的商行是严惠宇的公司，在公司里，顾传玠担任副总经理，他还曾去美国考察过卷烟工业，但是都没有发大财。在事业上，他最终一事无成。接连不断的挫败感让他灰心丧气，内心有强烈的自卑感，外表上却强撑着不表露出来，这让他变得越来越固执，越来越刚愎自用。

　　懂他的人似乎只有一个张元和，她懂他，由着他的性子来，从结婚那天起就默默在背后支持他。或许，这样的张元和算不得好妻子，如果她适时提醒，像某些强势女人那样，在他第一次、第二次失败的时候就闹翻天，顾传玠也许会有所改变。但她不管顾传玠的做法对与错，都无条件支持，其实是把他宠坏了。

　　张元和与顾传玠，在事业上虽然始终无建树，生活上却是琴瑟和谐。

婚后一年，他们生下了一个可爱的女儿。女儿一生下来就漂漂亮亮的，不但小模样好看，手和脚也很漂亮，顾传玠给女儿取名叫顾珏，他说："女儿可贵，应以双玉为名，取名顾珏。"

张元和从小养尊处优，没有一点生活经验。如果当初嫁到大户人家，生下孩子便不用自己管了，自有用人伺候着，可嫁给经济条件一般的顾传玠就不行了。生下女儿后，尽管也雇了一个奶妈，可孩子很多时候还是需要她亲自带。后来，张元和又怀过两次孕，但都流产了。因几次时间间隔都很短，张元和的身体彻底垮下来了。

这时，张元和的干姐姐凌海霞又出现了。她其实一直没有远离元和的生活，这个在元和生命中至关重要的人物，总是在关键的时候出场。她此时依然没有结婚，她到元和的住处探望，见美丽的干妹妹因为连续两次流产变得憔悴不堪，很是心疼，就自作主张要把刚刚十八个月大的小婴儿顾珏带走，替她看管一段时间。

把孩子交给凌海霞，张元和是不放心的。凌海霞虽然比自己大一些，但是并没有育儿经验，她根本不知道该怎样照看小孩子。

凌海霞看出了张元和的心思，便说，如果你不放心，那我就连奶妈一起带走，让奶妈带孩子你总放心了吧，等你身体好起来，再把孩子给你送过来。

张元和同意了，却没想到孩子这一去就回不来了。

凌海霞把顾珏和奶妈都带到她居住的三元坊，居住了一段时间，就对这个孩子舍不下了，她独自一人生活孤独寂寞，这个可爱的小生命恰恰填充了她的生活。她悄悄把孩子的名字由顾珏改为凌宏，甚至不想再把孩子归还给她的父母。

那时，张元和已经生下了儿子顾圭，忙着这个小儿子，便顾不上那个小女儿，等他们想让女儿回到身边时，凌海霞总是以这样那样的借口拖延着。

顾传玠忍无可忍，这个女人凭什么不归还我的女儿，还给她改名换姓。

张元和心里也不舒服，却有苦难言，凌海霞和她是干姐妹，人家的初衷是帮着自己照看孩子，她不好说什么。

本来，这个时候他们可以把孩子硬要回来，改回原来的姓名，婆家人的一句话却让他们放弃了这次机会："她爱怎样随她去吧，女孩长大总要嫁人改姓的，姓凌也无妨。"

这个"无妨"，让他们没有立即去要回女儿。

于是，孩子在凌海霞那儿的时间越长，她就越舍不得归还。

再后来，已经改名凌宏的顾钰也把凌海霞的家当成了自己的家，偶尔回到爸爸妈妈身边，小弟弟顾圭不懂事推搡她一下，小姑娘顾钰就会委屈地说："我要回家去了。"她已经不把这个家当作自己家了。此时，如果顾传玠和张元和细心一些，那个时候把孩子留在身边，也就免了后来几十年的骨肉分离。

凌海霞的日子过得并不好，孩子跟了她对将来的发展不利。不过，在抗战时期，生活在上海"孤岛"，张元和一家的日子也不是很宽裕。抗战胜利前夕，张家姐弟曾在上海团聚过一次，或许是经济难以支撑，或许是因为时局动荡，他们聚到一起的日子，家里那么多人，却没有到外面住旅店，所有的兄弟姐妹都挤在大姐家租住的地方打地铺。那次聚会，他们留下了几张珍贵照片，包括那张十姐弟的合影。照片中的张元和，盘着民国式的盘头，身着碎花旗袍，虽然依然俏丽，依然气质高雅，却掩不住生活的落魄和沧桑，这和当年那个悠闲迷人的"大夏校花"相比，明显多了一些平民气息，张家娇气的大小姐在温婉的大家闺秀的气质中增添了一些坚韧之气。

那次一同合影的除了十姐弟，还有几个下一代家庭成员，张允和与周有光的儿子晓平、张兆和与沈从文的两个儿子龙朱和虎雏，却没见顾传玠与张元和的女儿顾珏的身影。或许，那一次顾珏根本就没有见到舅舅和姨妈们。凌海霞既然已经决定把这个孩子留在自己身边，就不会轻易放她回去，特别是这种亲情氛围浓郁的重要场合。

抗战结束了，接着便是内战，战争的烽烟不断。顾传玠本来就不太会经商，加上战争的因素，他的事业总是一塌糊涂。那段时间，他又突发奇想要置办农场，养奶牛、养蚕、种植油桐。不过，在密集的炮火中，这些美好的设想后来也都化为了泡影。

　　一些人看到国民党气数已尽，就准备往台湾转移。顾传玠受到影响，也想离开大陆举家迁往台湾。

　　他把自己的想法告诉张元和。她开始并不赞成——她不想去那个陌生的地方，毕竟她的兄弟姐妹们都在这里，她喜欢的昆曲也在这里。但是，顾传玠很坚决，他说他已经找到了发财的门路，只有离开大陆转去台湾发展，才能把事业做大做强。

　　张元和沉默了，不再坚持自己的意见，她当然愿意看着他好，看着他开心快乐。只是她不明白他为什么那么坚决，那么义无反顾地要离开这里。

　　那个时候，许多权贵都已经看清楚蒋介石在大陆大势已去，他们纷纷带着家里的细软逃往台湾，去台湾的机票船票已经很难买到。顾传玠托了上海卫戍司令给他帮忙，这个昔日的朋友很讲交情，居然费心费力地帮他弄到了6张去台湾的船票。

　　这6张船票不但来之不易，价钱也不菲，每张船票花了一两黄金！为买这几张船票，他把自己的家底几乎都搭进去了。

　　顾传玠的本意是要带着妻子、母亲、儿子和女儿一起走。那时顾钰跟着凌海霞正在苏州，他们给凌海霞捎去口信，让她立即带着顾珏过来，再晚就来不及了。凌海霞对这件事表现得并不积极，恰好赶上因为战争道路阻断，这显然是一个绝好的借口，凌海霞就是用了这个借口，没有及时把顾钰送到父母身边。

时间不等人，5 月 18 日，登船的时间到了，凌海霞并没有把女儿送过来。张元和只能含着眼泪登上客船，她以为还有机会。虽然这次没能带上女儿一起走，但以后总也可以让凌海霞单独带上女儿去台湾的，反正凌海霞也是独身一人，无牵无挂的。可她这次真的想错了。

到台湾后，她写信让她们尽快过来，她想念女儿。凌海霞接到信，故伎重演，她寻找各种借口，说舍不得家里的老母亲，说各种的不方便，总之就是不想去台湾。张元和虽然心里急，但也不敢表现得太明显。她知道其实顾传玠比她更急，这次骨肉分离，就是因为她结交的这个干姐妹——哪有这样夺人之爱的！顾传玠虽然没有埋怨她，但她心里也充满悔恨和愧疚。

留在大陆的顾钰跟着凌海霞的日子是艰辛的。最初，凌海霞靠着哥哥的资助，生活还勉强过得去。新中国成立后，哥哥无力再资助她，她便到苏州郊区种茉莉花，养鸡养兔子赖以谋生。可想而知，在这种环境中长大的顾钰，能接受什么好的教育？

如此一来，顾钰被挟持的不仅仅是她与父母的亲情，还有她被耽误的一生。不知道凌海霞临终前，是否对自己的所作所为进行过反思。

此一别隔山隔海，一别就是 31 年。

31 年后，张元和与顾珏母女才得相见。但是，那时候，对女儿望眼欲穿的父亲顾传玠已经去世多年，他终究没能圆与女儿的团聚梦。

顾传玠以为，到了台湾他的事业会有大的发展，另外，去一个新地方，也可以尽快摆脱他的戏子身份。在那个陌生的地方，人们不会知道他以前是个唱戏的。

但是，他错了。他到了那里，依然还是地位低下的小人物。到了台湾后他虽然再也不登台唱戏了，却也没有因为他脱离了戏子身份而跻身上流社会。

到台湾的第二年，顾传玠在街面上租了个门脸，开了一家毛线行。这家叫作"中福行"的小店生意还不错，每天铺面上有好几个店员看店，能雇得起几个店员的商铺，买卖就算是很景气的。后来，他一心想办好他的蘑菇养殖场，还自创了啤酒品牌。20世纪50年代中期，他还曾自费去西德参加博览会，从海外回到台湾，他取得了许多品牌的总代理权。

按理说，顾传玠这样敬业地工作，应当在生意上有所建树，可不知道是当时台湾经济的大趋势不适合做买卖，还是他自己确实没有这方面的天赋，和当年在上海时一样，他依然没把任何一项生意做出彩。

这种小业主的日子过得并不富庶，他们在台中住的房子很一般。好在张元和习惯了这样的生活，她早已不是九如巷的大小姐了。她深居简出，丈夫不再登台演戏，她也很低调地随着他。顾传玠只是偶尔应邀到某些大学当当客座教授，传授一下《牡丹亭》之类的昆曲名剧，或者在小场合的朋友聚会中，用笛子吹上一曲，清唱上一段。后来，他又增添了一个打桌球的新爱好。

那时候，顾传玠的身体已经不是很好了，他被查出患有肝病。

谁也没想到，顾传玠的肝病那样严重，或许，这与他多年的郁郁寡欢有关。一个视戏剧为生命的人，为了出人头地过上上等人的生活，硬是弃昆曲于不顾。其实，从离开舞台那天起，顾传玠就没有快乐过，他本是为舞台而生的，离了舞台，他的人生就枯竭了。

张元和嫁给顾传玠，本来也是因为她深爱着的昆曲——或许也可以说，与其说她爱的是顾传玠，倒不如说她爱的是昆曲。但是，结婚后她发现，顾传玠一生都在昆曲内外挣扎着，他想摆脱戏子的身份，内心深处却又舍不下昆曲艺术。他的痛苦感染着她，她想帮他，却又不知道怎样去帮。

1966 年 1 月 6 日，顾传玠因肝病医治无效去世，那年他才 56 岁，张元和也不过 58 岁。

在那座岛上，张元和只有顾传玠和儿子这两个亲人。如今，丈夫早逝，儿子已经长大，有了他自己的生活，张元和顿时陷入到空前的孤独中。她本来就不太喜欢说话，从这时候起，她的话语就更少了。

这几十年间，她对顾传玠从来没有过半句怨言。他们婚后的日子究竟过得怎么样，她也从来不对别人讲，连姐妹们都不知道。

她嫁给顾传玠幸福吗？她没说过。

人们猜想她应当是幸福的，不管她是爱着昆曲，还是爱着唱昆曲的顾传玠，她毕竟是为了爱而出嫁。

生命中最苦难的重庆岁月

张允和是四姐妹中个性最强的一个，她认准的事，谁也别想拗着她，往往是你越反对越施压，她越顽抗。她看上去弱不禁风，其实内心非常强大。

1933 年，张允和与她青梅竹马相恋多年的周有光结婚，婚房刚刚布置好，她就给了周家人一个大大的出乎意料。她在婚房卧室的后屋，收留了她的一个中学女同学住在那里。最令婆家人难以容忍的是，那个女同学未婚先孕，却被男方遗弃了，正身怀六甲，很快就要生产了。

家中住着一个这样的女子，邻居们议论纷纷——在那个时代，怀了私生子便是最坏的女人。邻居老太太悄悄问张允和的婆婆："你家儿媳妇怎么回事啊，收留这样一个乱来的坏女人，你家媳妇是不是也这样啊？"

婆婆觉得脸上无光，大姑子也觉得脸上无光，她们不好直接对张允和说，便去找周有光，想把那个女子尽快赶走。

周有光陷于两难的境地，母亲和姐姐的话不能不听。当年，父亲为了维护小妾的利益，把他和母亲以及四个姐妹赶出家门，她们在艰难中供他读完大学非常不容易，他不能伤她们的心。但是，自己的新婚妻子张允和的性格他也知道，这个女子长得像柔弱的林黛玉，性格上却一点都不柔弱，她既然仗义收留无家可归的女同学在这里生孩子，就不会妥协。

周有光只能两边做工作，两边当和事佬。直到盛夏时节，那个女同学生下一个女婴，并由张允和陪着把孩子送到杭州孩子奶奶那儿，这事才算过去。其实那个孩子在很多人看来是可以打掉的，张允和却不那么认为。她觉得一个已经六七个月的小生命，如果堕胎，会伤及母子两个人的生命。对于这件事，她的主张是对还是错，后来没有人再做过任何评论，毕竟事情已经过去了。

张允和本就是个爱拍板的人，她不但替女同学拍板，也曾经替姐姐妹妹的婚事拍过板，大姐和顾传玠的婚事，三妹和沈从文的婚事，就都是她最后拿的主意。有些事情在紧急情况下需要决断的时候，就需要有一个人当机立断。

婆婆还没来得及细细揣摩透这个既传统又新潮的儿媳妇，张允和就随着周有光去日本了。在日本，不过是匆匆去匆匆回，周有光是去留学，她则是半留学半陪读。在日本的那段时间，张允和正处于孕期，强烈的妊娠反应让她也无心无力学更多的学问。这次留学生涯短暂得像出国旅游，加到一起也就几个月时间。

结婚周年那天，张允和在上海生下儿子周晓平，第二年又生下女儿周晓禾。即使身为人母，她也不像当时的许多女人那样甘做家庭妇女。她在上海光华实验中学教过书，移居苏州后，又在《苏州明报》的《苏州妇女》栏目当编辑，并为南京的某报刊《妇女与家庭》版编辑过一段时间稿件。

这个大家闺秀出身的知识女性，并不认同女人应在家中做"花瓶"，也难怪她为《妇女与家庭》写的第一篇文章题目就是《女人不是花》。那个时代，女人在外面参加工作的很少，高学历的富家小姐读书上大学，也不过是为了增加出嫁的筹码，以便将来嫁得更好一些。张允和希望女人们能走出小家，成为对社会有用的人，不要只做供人观赏的美丽鲜花。她原来也喜欢花花草草，但是，出于反叛心理，她从此不再养花。此后的人生，她都只养草，不养花。

就在她一心一意做编辑的时候，北方已经狼烟四起，卢沟桥事变打破了中国人宁静的生活，每一个家庭的小幸福都被撕扯得七零八落。张允和刚刚安定下来的生活又进入无序状态。和许多苦难的中国人一样，她和她的小家庭也踏上了艰苦的逃难之路。

他们不知道该往哪里逃，哪里才算是安全之地。

他们凭着感觉，觉得张氏老家合肥那边应当比较安全。

他们开始了逃难之旅。这支队伍并不庞大，却因为有许多辎重显得有些臃肿，他们带了二十几件行李，每一件都舍不下；这个队伍中有七个人：周有光夫妇，他们的一双儿女，婆母，还有两个保姆。张允和后来痛苦地回忆说，经过一轮颠沛流离的逃难，等抗战胜利再回到原地，最后只剩下了五件行李，四个人。女儿晓禾死了，一个保姆死了，另一个保姆在四川安家落户，仅剩他们四个人悲怆地回来了。

他们从苏州到芜湖，沿着水路往西逃。这也是当年他们离家去上海的线路。当年，张允和还在保姆窦干干的怀抱中。沿着这条线路，他们又回到合肥老屋。

虽然是在逃难，回故乡毕竟是件快乐的事，在那里，还有许多张氏家族的族人，只是几年前回到合肥的保姆窦干干已经过世，这让允和很伤心。她到窦干干的老家给她上坟，却在那里遭到无数人围观。据说窦干干活着的时候，在乡人面前总是炫耀，她带大的张家二小姐多么美丽有气质，多么有才学。这次二小姐来上坟，人们想一睹芳容。

张家二小姐的才学从表面上看不出来，但是她确实像窦干干说的那样美丽又有气质。她是那般与众不同，她身着一件时尚的短袖旗袍，这里的女子不穿这样的旗袍，她们很惊诧，这衣服也能穿到外面来？

在合肥只过了短暂的太平日子，日军的飞机就开始轰炸这里了。周有光把一家人送到合肥，冒着危险又回到上海供职的银行工作，他必须挣钱养家糊口。为了躲避飞机轰炸，张允和带着婆婆和孩子回到最古老的肥西周公山祖宅。那里有祖上修筑的防御工事，相对来说安全一些。

战争的烽火已经烧到上海，周有光供职的银行准备迁移到重庆去。周有光立即给张允和发去电报，让她带着一家人去武汉，然后从武汉去重庆，提前去那里等着他。

此时，张家四姐妹的父亲张冀牖已经回到合肥，允和到合肥匆匆见了父亲一面，便踏上新的逃亡征途。她不知道此一见是他们的永别，如若知道，她一定在合肥多陪陪父亲。

深冬季节，天寒地冻，即使在南方，那年冬天也冷得很。张允和带着一家老小从合肥到武汉，又在武汉乘船前往重庆，一路劳顿，她娇小的身躯居然有那么大的能量。她跑前跑后，上下张罗，婆婆年事已高，两个孩子尚年幼，保姆没出过门，不懂得遇上事该怎样办，所有的事情都要靠她一个人应承着。

十天后，船到了重庆。

恰好，当年她救助的那个未婚先孕的女同学就在重庆附近的合川工作。在那里，女同学为允和的婆婆和孩子提供了一个安全的住处，让老人孩子先安顿下来。这样，允和还可以外出找一份工作补贴家用。

张允和在成都光华中学谋到一个教书的职位，只是，成都离重庆很远，她要去工作，就必须抛家舍业。本来一家人因为战争逃难已经七零八落，她又要将这原本已经不安定的小家再分割一下。好在，家人和朋友都支持她。她独自坐了两天一夜的车，这才从重庆到了成都。

那份工作未必多好，未必多适合她，她只是想出去做点事。挣点钱只是一个方面，另一方面，她觉得自己只有把精力投入到工作中，才不至于因焦虑而死。战争带来的不安宁让她日夜焦虑，这种焦虑感常常让她无限痛苦，而忙碌的工作多少可以缓解一下这种痛苦。

好在，难挨的冬季很快就过去了。初春，周有光就职的银行终于迁到了重庆，他随之也就到重庆工作了。允和立即辞了成都那边的工作，随着丈夫也到了重庆。她让儿子和婆婆住在重庆郊区，郊区比市区更安全，她则带着小女儿陪着丈夫住在市区。

重庆绝非真正的安全之地。很快，日军的飞机开始飞临重庆上空，空袭丢炸弹是经常的事。当初到这里来的时候，他们以为这里最安全，现在看来，在日军铁蹄的践踏之下，整个华夏已无一处安全的地方。特别是这种飞机轰炸，让人防不胜防，不知道什么时候，一个幸福的小家庭就会在某次空袭中化作焦糊的炮灰。

在市区居住安全系数太小了，尽管有诸多不方便，张允和还是把家又迁回了郊区。

一晃就到了 1941 年的夏天。

5 月，郊区的花花草草不懂得人间战事之残酷，自由自在地绽放着，但张允和却没有心情去欣赏。六岁的小女儿晓禾是个美丽可爱的小姑娘，她也喜欢野花野草，白天她随着妈妈外出，蹦蹦跳跳，还不时采摘些五彩缤纷的小花，可是，晚上回到家中时，她突然喊叫起肚子疼来。她恶心、呕吐、拉肚子，肚子还疼得厉害，胀得厉害，她不断在吐，恨不得五脏六腑都给吐出来。张允和紧紧搂着女儿，十分心疼。

张允和手足无措，丈夫周有光到外面出差了，女儿突然生病，她不知道该怎么办。她以为，小孩子叫嚷肚子疼，或许是吃坏了肚子，得了急性肠胃炎之类的毛病，拉两天肚子便会好了。不过，看晓禾那样子，疼得不得了。她小脸苍白，体温在急剧上升。

挨到天亮，附近打听遍了，这里没有医生，这里的人得了小病都是忍着，等待自愈，有了大病只有去重庆市区。

市区离这里还有一段距离，他们没有任何交通工具，因为市区那边不断遭到敌机轰炸，交通也中断了。张允和听着女儿越来越虚弱的哭声，急得陪着女儿落泪，她费了九牛二虎之力，才在女儿得病的三天之后，冒着空袭的危险把她送到重庆市区的医院。

医生诊断，晓禾得的是急性盲肠炎。送到医院时，她的病情已经非常危重，她高烧不退，不停地打寒战，已经出现阑尾坏疽、穿孔，并发腹膜炎。

医生埋怨："为什么不早一些送过来？"

张允和的眼泪滚滚而下："我也想早一些把女儿送过来，可是，我有什么办法？"

医生无奈地摇摇头，来得太迟了，孩子的阑尾已经开始溃烂，感染扩散得太严重，恐怕不好治了。

张允和不知道晓禾的病情究竟有多严重，这个"不好治"难不成是给女儿判了死刑？她不甘，不能接受这样的现实，她哀求医生救救自己的女儿。

张家的四小姐张充和、五少爷张寰和那时也在重庆，他们闻讯赶来，安慰哭得死去活来的二姐，告诉她医生都喜欢吓唬人，不要听他吓唬，晓禾不会有事的。

张允和的情绪这才稍稍安静下来。但是，看到病床上虽然打着点滴，依然还在喊叫疼痛的女儿，看着她纸一样苍白的小脸，允和的心里就满是说不出的痛。她默默祈祷她的女儿不会有事，期待她能慢慢好起来，平稳度过危险期。

可事情似乎没有她预想得那么好。晓禾的病情明显在一天天加重，她的疼痛并没有因为住进医院而缓解多少，她每时每刻都在疼痛，她那微弱的呻吟声刺穿了允和的心。

允和与寰和抽时间轮流陪伴二姐，陪着她出入孩子住的那家医院。

那个时代，医疗条件本来就是有限的，更何况还处在战争时期。晓禾的病情一步步恶化，那个幼小的生命力是顽强的，从 5 月到 7 月，炎热的季节，晓禾与病魔进行了一场漫长的较量。她已经很虚弱，但是，出于求生本能，她用细弱的声音哀哭和求救，她嘤嘤哭泣着，让妈妈救救她，让舅舅和四姨救救她。

他们何尝不想救她呢，可是，他们无能为力。

这个时候，允和便跑到病房外面偷偷啜泣。

到晓禾最后的日子，允和几乎被弄得精神彻底崩溃了，当孩子再次用哀求的泪眼望着她，求她救救她的时候，允和大哭着跑到门外，自言自语地说："你干吗不死呢？"

她怎么会希望自己的女儿死掉呢？她是实在忍受不了这种精神上的折磨和煎熬了。终于，晓禾在 7 月一个炎热潮湿的日子默默死去了！死的时候，只有五舅陪伴在她身边，允和当时恰好不在。只是再回到医院，孩子没有了，只是病房门口多了一具白木小棺材。

允和的眼泪已经哭干了，孩子死去了，她反而哭不出来了，无泪的悲痛其实更痛。

从孩子生病到死去，整个过程周有光都不在，他出了一个长长的差。回来的时候，女儿不在了，他的自责和内疚可想而知。

在重庆失去了心爱的女儿，这个伤心之地他们都不想再久留。一年半之后，恰巧有一个机会到成都去，周有光可以离开农本局到新华银行工作，他们便举家迁到了成都。

成都也不是他们的福地，在那里，他们唯一的儿子晓平险些丧命。

那是一个傍晚，战争时期一个难得的静美午后，孩子们在院子里玩，大人在家里准备晚饭。突然，一声枪响刺破小院的安静，不知从哪里飞来一颗流弹，正好打中了晓平的肚子，孩子一声惨叫便倒在血泊中。

允和听到孩子们的叫嚷声便飞快地跑出去看，儿子晓平已经中弹倒地——他的小手捂着肚子，鲜血正从手捂的那个地方汩汩流出，已经染红了衣衫，染红了身边的土地。

那天，又赶上周有光不在身边，这一次他是去重庆出差了。

看到命悬一线的儿子，张允和脑子里闪现的是当年女儿得病时候的情景。女儿被她耽误了，她就剩下这一个儿子了，千万不能再把儿子耽误了。她的哭声引来周围的邻居，这样的场景在那个年月是司空见惯的，大家惋惜地摇摇头，觉得这个倒在血泊中的孩子一定救不活了。孩子的奶奶听到动静踮着小脚走出来，一看到孙儿那张苍白的脸和满地的鲜血，立即就要晕过去。

在女房东的帮助下，张允和把儿子送到空军医院，幸亏送到了军医院，如果送到一般医院说不定就没救了。军医院对枪弹伤有治疗经验，他们对孩子紧急施救，迅速进行手术治疗。手术中发现，这个孩子的肠子被打穿了六个洞！好在手术及时，总算保住了一条性命。

周有光的家族许多辈都是单传，一辈只有一个儿子，到周晓平这一辈已经是第五辈了。五世单传的孩子差点丢了性命，这事必须第一时间告知孩子的父亲。当初，女儿生病的时候，张允和自己扛过来了，现在她再也扛不起这样的苦难了。

周有光听到这个消息的时候，天色已晚，天空飘着细雨。他想立即回到成都，可当天已经回不去了，即使第二天早晨回成都，也要托人才能买到车票。

他心急如焚，想到了张充和，充和还在重庆，她应当有办法买到车票。

周有光冒雨来到充和住的地方，急促地敲响了她的房门。

开门的是与充和同住的朋友，她听这个神色慌张的人说有急事要找充和，便知道不是一般的急事，立即把充和从楼上喊下来。

张充和听说二姐夫找她，就有不好的预感。下楼的时候，她腿就发软，她在心里默默祈祷，二姐家可千万别又出什么状况了。下楼见到周有光，却见他脸色很难看，语无伦次地叙说了他听到的消息。

真是又出大事了！二姐唯一的儿子晓平遭大难，如今还生死未卜。她连夜带着二姐夫去找一位有些社会关系的昆曲票友，总算弄到了一张第二天一早去成都的公共汽车票。

风雨中，周有光乘上回成都的汽车。他还没到成都，四川的一些报纸上便登出了这样一条新闻，标题大多是：五世单传的儿子中子弹。

周有光一路颠簸回到成都，怀着沉重的心情回到租住的地方，从房东的男用人口中得知孩子已经脱离危险。他长吁一口气，一颗悬着的心也放下了一大半，他马上去医院看望儿子，结果半路遇上正要回家的张允和。

从张允和轻松的神情中，他确定孩子真的没事了。夫妻俩泪眼相望，喜极而泣，这场灾难终于过去了。

这一生究竟是幸还是不幸

爱情需要悉心创造和维护。即使有幸走进婚姻，如若不付出百般辛苦打理它，也会因为年久失修而失去光鲜底色，最终变成同一屋檐下的陌生人。

沈从文与张兆和的爱情，当初是经过了沈从文无数封情书的艰难攻势才攻克下来的，张兆和从一开始就是各种犹豫勉强，最终算是碍于面子答应了沈从文的追求。

这份从动人情书出发的爱情读起来很美好，可过日子与写情书、读情书毕竟是两码事。纸上的美好是给别人看的，生活中平实的美好才是属于自己的。沈从文的谦卑，张兆和的疏离，让他们的爱情蒙上一层无法抹去的尘埃。最终，在张兆和眼里，沈从文成了最熟悉的陌生人。

1933 年浅秋，他们在北平中山公园的水榭举行了一个没有仪式、没有主婚人、没有证婚人，却高朋满座的婚礼。张兆和穿着浅豆沙色丝绸旗袍，沈从文穿着蓝毛葛夹袍，这身婚礼的行头很得体，雅致不俗。

待宾朋散去，回到他们四壁空空的婚房，最有婚庆气息的是床上铺着的百子图锦缎床罩——那是梁思成、林徽因送来的贺礼，漂亮的床罩是林徽因精心挑选的。那图案，那色彩，张兆和很喜欢。

他们的婚姻之舟从这里启程，开始了一生磕磕绊绊的漫长行程。

婚后两人住在达子营的一个小院里，在那个安静的小院，在院子那棵苍老的大槐树下面，沈从文创作了《边城》等一批小说。那段静美的日子是他一生中最幸福、最甜蜜的时光。他除了写作，还主编《大公报》文艺副刊，于是结交了一大群文学界的朋友。朋友们会不定期聚会，这种高端文化沙龙有时就在沈从文家的大槐树下，更多的时候是在北总布胡同 3 号林徽因那间有名的"太太的客厅"。

　　幸福得一塌糊涂的沈从文在创作《边城》的时候，有意无意间便把张兆和写进了作品中，那个黑而俏的翠翠，她的容颜就是以张兆和为原型创作的。爱她，就把她写进书中，于是，书中的那个女子永远年轻美丽着。

　　那个时候的张兆和也是最幸福的，她的幸福一直延续到不久之后沈从文回湘西老家。

　　母亲生病了，沈从文作为孝子，立即踏上回乡之旅。他是一个人回家的，没有携新婚的妻子一起去，或许，他是担心大家闺秀出身的妻子忍受不了旅途的劳顿。此一去，要走过千山万水；他走了一路，也写了一路情书。

　　这一次，张兆和很配合，过去她从来不回情书，这次却回了。

　　后来，这些情书被汇编成一本书《湘行书简》：

　　　　梦里来赶我吧，我的船是黄的。尽管从梦里赶来，沿了我所画的小镇一直向西走。我想和你一同坐在船里，从船口望那一点紫色的小山。我想让一个木筏使你惊讶，因为那木筏上面还种菜！我想要你来使我的手暖和一些。我相信你从这纸上可以听到一种摇橹人歌声的，因为这张纸差不多浸透了好听的歌声！

　　在给张兆和的书信中，沈从文把回湘西一路上的所见所闻都写出来，最打动人的，是信中那份浓浓的情：

> 我就这样一面看水一面想你。我快乐，我想应同你一起快乐；我闷，就想你在我必可以不闷；我同船老板吃饭，我盼望你也在一角吃饭。我至少还得在船上过七个日子，还不把下行的日子计算在内。你说，这七个日子我怎么办？……"我不能写文章，就写信。"……这只手既然离开了你，也只有来折磨它了。

这样美的情书，这样美的爱情，如果一生就生活在这样的浪漫中，即使日子穷一些，也是幸福的。

张兆和不是那种不容易满足的女子，那段时间，她也曾沉醉其中。人世间，哪个女子不多情，哪个女子不希望有一个爱自己的男人始终不渝地坚守着只属于他们的爱情。

沈从文一生为张兆和写过无数深情的文字，许多爱情名言成了后世的情书范本。人们都以为，像他这样重情的男人，一定不会出现婚外情，一定会心无旁骛地笃爱他的爱人。然而，爱情远不是一加一等于二的数学题那么简单，沈从文对爱情的执着也不过如此，很快他便落入了婚外情的俗套。

如果说是因为审美疲劳，至少他也要有一个疲劳的过程。但是，沈从文的爱情开始走神儿的时候，他还在表白着"我一辈子走过许多地方的路，行过许多地方的桥，看过许多形状的云，喝过许多种类的酒，却只爱过一个正当最好年龄的人。"

张兆和起初以为沈从文这样的文人不会犯爱情机会主义这个毛病。可是，张兆和错了！就在沈从文经过艰苦卓绝的浪漫恋爱刚刚走入婚姻不久，他就开始移情别恋了。一旦征服了，得到了，他马上把这朵美丽的红玫瑰插进花瓶；又有一朵白玫瑰出现，他立即心旌摇荡，恨不得马上把白玫瑰也采到手里，插进花瓶。

红玫瑰张兆和已经认认真真学着做她的小娇妻，而且做得像模像样了。

就在这个时候，白玫瑰高青子出现了。

高青子，一听这个名字就很有魅惑力，那个名叫高青子的女子比她的名字还有魅惑力。当然，高青子是她的笔名，她的真名叫高韵秀。

本来沈从文和高青子的人生是不会有交集的，偏偏那天就遇上了，这次相遇于沈从文来说纯属偶然。

在北平，沈从文有个正宗的老乡叫熊希龄，曾当选过民国第一任民选总理。之所以说他们是正宗老乡，因为熊希龄也是湘西凤凰城的人，而且，他们还是亲戚，两家有着扯不清的复杂亲戚关系：熊希龄的小弟弟熊燕龄是沈从文的亲姨父，熊燕龄曾一心想要沈从文做他的女婿；熊希龄四弟熊焘龄的夫人田氏当年未嫁时差点嫁给沈从文的父亲……

有了这么多层关系，沈从文去熊希龄家拜访也就有了串亲戚的意思。

他的乡亲，他的亲戚，自然由他去串门，张兆和在这些事情上一律给他宽松的环境、充分的自由。她不陪他，因为她不想按照沈从文的意志变成一个没有自我的女人。沈从文希望自己的女人穿着高跟鞋，烫着波浪卷发，有着一双纤纤素手，张兆和偏偏不喜欢这样，她觉得："吃的东西无所谓好坏，穿的用的无所谓讲究不讲究，能够活下去已是造化。"与姐姐妹妹相比，她不属于那种精致讲究的小女子，也不愿把自己装扮成这样的花瓶陪着丈夫四处搞社交。

沈从文独自来到熊希龄家拜访，赶上熊希龄不在家，只有这家的女家庭教师高青子在这里做家教。

按理说，主人不在，一个家庭女教师只需告诉来客今天主人不在家就足够了，但是，这个年轻美丽的女家庭教师大方好客，在主人不在的情况下，自告奋勇出面接待客人。两个人大概说了很多话，互相通报了姓名，楚楚动人的女家庭教师是沈从文的崇拜者，也是一个文学女青年，她惊喜地发现这个来访的客人居然是自己的文学偶像沈从文。她喜欢写诗，那天，她很兴奋，她充分展现了喜欢写诗的文艺女青年浪漫潇洒的那一面，高雅的谈吐，给沈从文留下了极好印象。

一个月后，沈从文再次造访，又见到了高青子。

此时的高青子，却是按照沈从文一篇小说描述的情节打扮自己，让沈从文顿觉眼前一亮，这装扮好亲切好熟悉。高青子那天着一件绿底碎黄花绸缎夹衫，衣袖口一块淡淡的紫，她苗条柔曼的腰肢轻轻扭动间充满诱惑。这是一个和张兆和完全不同的女人，她的神态有一种能蛊惑人心的妖媚。最重要的是，她仰视沈从文，主动向他示爱。在她面前，沈从文能找到做男人的高傲和自尊，而和张兆和在一起，他总感觉自己是永远走不进城市的乡下人。即使兆和坚决不穿高跟鞋不烫头发，每天素面朝天，他也永远只能把张兆和当女神。

沈从文中招了，他懵懵懂懂就沉醉在这诗情画意中，感情上把持不住了。虽然知道张兆和的好，但就是控制不住对高青子的思念。他陷入无法自拔的婚外情，心里无限烦恼，一边舍不下他费尽气力追到手的清纯太太张兆和，一边不愿放弃对他一往情深的魅力女子高青子。

一旦出了轨，便会有种种表现。张兆和很快发现了蛛丝马迹，她敏感地嗅出在她和沈从文之间，隐隐有另外一个女人的气息。她对沈从文提出了自己的质疑。沈从文只好从实招来，在他们俩之间多出了一个高青子。

张兆和无限羞怒、悲伤和失望，她泪水汹涌。这个从小在父母姐妹的宠爱中长大的三小姐，之所以选择这个并不是很满意的沈从文，就是因为他的痴情。她以为他会宠爱自己一辈子，没想到刚刚结婚他就开始出轨，把自己伤害得心都碎了，她当即就拂袖回了苏州老家。

沈从文没想到，张兆和这朵倔强刚烈的花，她的爱情容不得掺假和欺骗，她义无反顾地离家出走了。

带着满腔的失落回到苏州老家，张兆和的心彻底凉透了。当初她无论如何都不能说服自己爱上沈从文，是因为不喜欢他文人式的迂腐。她一直没看出，他居然还是个花心之人。如果早看出他是这种人，自己无论如何也不会嫁给他。这刚刚建立起来的感情还没来得及细细品味，就已经变得伤痕累累，她有一种被欺骗的羞辱感。

张兆和的离去把沈从文吓坏了，他此时才意识到婚外情后果的严重性。他又像当初追求张兆和时那样，每天给她写长长的信，可怜巴巴地表达思念之情。可是现在，不管他的文笔多么柔美、生动、抒情，都丝毫没有回音了。

他不能没有张兆和，但也放不下对高青子的爱，用沈从文自己的话说："我不能想象我这种感觉同我对妻子的爱有什么冲突，当我爱慕与关心某个女性时，我就这样做了，我可以爱这么多的人与事，我就是这样的人。"这句话和他曾说过的"只爱过一个正当年龄的人"太矛盾了。最可悲的是，沈从文没感觉自己的感情出轨有什么不妥，他觉得爱别的女人和对妻子的爱没有什么冲突。难怪张兆和不能原谅他。

多重煎熬中，他化解痛苦的办法就是设法分散注意力，1936年的寒春时节，他经常穿越北平大街小巷的寒风，到林徽因的"太太客厅"疗伤。

林徽因也曾有过与沈从文相同的感情经历，所以，当沈从文请她为自己的感情生活诊脉时，林徽因作为过来人没有给他下定论，却是和风细雨地半是赞赏半是劝阻，林徽因的疗法对沈从文来说没太大效果。林徽因回忆那段生活，这样写道："他的诗人气质造了他的反，使他对生活和其中的冲突茫然不知所措……可我又禁不住觉得好玩。他那天早晨竟是那么迷人和讨人喜欢！而我坐在那里，又老又疲惫地跟他谈，骂他，劝他，和他讨论生活及其曲折，人类的天性、其动人之处和其中的悲剧、理想和现实！"

倒是金岳霖的现身说法让沈从文感触很深。爱一个人就应当向金岳霖学习，一辈子深爱林徽因的金岳霖，默默把自己的爱藏起来，一生不娶，就守在她周围看着她和别人幸福生活。

既然自己标榜深爱张兆和，就要学会放弃。沈从文无可奈何地渐渐疏远了高青子。

张兆和虽然在大家的劝说下回来了，心里却有了一个死结。沈从文虽然只有这一次出轨，却成为他们感情上的硬伤。张兆和名义上原谅了沈从文，内心深处总遗留着一丝若有若无的淡淡伤痕，这无形中把当初最浓烈、最浪漫的爱的味道冲淡了，曾经的爱情神话有了浓浓的人间烟火味。

高青子成了沈从文与张兆和之间非常尴尬的第三者，亲朋好友都想帮忙把这个第三者赶紧找个地方安置下来，于是，便有人四处为高青子介绍对象。对这些大家推荐的"对象"，高青子一点都不上心，她的心里还是装着沈从文。

1937 年，七七事变北平失陷后，沈从文离开北平辗转到昆明西南联大，留下了产后不久的张兆和带着两个孩子在家中。在昆明，沈从文又遇上了高青子，他把她介绍到西南联大图书馆工作。于是，两个曾经有过感情瓜葛的人又续上旧缘，那段时间，他们走得很近，以至于关于他们的流言四起。

这样危险的男女关系，如果再发展下去，沈从文的婚姻便面临着不可逆转的危机。不知是沈从文及时斩断了情丝，还是高青子最终意识到自己永远不会和他有结果，凭着不敢对自己有任何承诺的这个男人，自己这辈子陷在这样的情感泥潭中，除了痛苦还是痛苦，倒不如早些体面地退场。终于，她选择嫁给了一个工程师。

不只是感情上的背叛让张兆和失望，她发现，沈从文身上还有许多她不能容忍的缺点。比如他好虚荣，经常为了面子把自己的钱送给朋友，自己一家人却勒紧腰带过苦日子。还有，他会花大价钱买回一些看不出多名贵的古董瓷器，这些东西既不能吃又不能用，她不明白他究竟着了什么魔。

他的书信情切切意绵绵，语言很美，但是信中总会有一些错别字，这让张兆和忍无可忍，她在回信中呵斥他："你瞧你，每次这个字都写错，我跟你说了多少次了。"

在他们的爱情中，她总有一种居高临下的优越感。对这个男人，她总能挑出许多毛病。她太明白了，她甚至明白他们的爱情只是建立在虚空的情书基础上，她对他的情书的感情甚于他这个人。后来，沈从文也看明白了这一点，所以他曾经对张兆和说："你爱我，与其说爱我为人，还不如说是爱我写信。"

爱情还是朦胧一些、糊涂一些比较好，洞穿一切之后，便没有了美感，时间长了，就会产生矛盾。有人说，他们之间，始终是他爱她多一些，而她却并未因此感到幸福。其实，她何尝不想好好爱这个男人。有许多次，她尝试着走近他，但每次都收获一些失望。他不是她想要的那种男人，过去不是，现在依然不是。她并不是忘了去懂他，她以为她一直很懂他。

　　尽管沈从文在情感上生出过枝枝蔓蔓，但是，毫无疑问他一生最爱的女人是张兆和。在被下放湖北咸宁最困苦的日子里，他怀揣着张兆和给他的第一封信。凭着爱情支撑，他度过了许多艰苦岁月，可以说对张兆和的爱是沈从文一生的精神寄托。

　　他们的个性向着两个方向越走越远，一个不顾一切继续文艺浪漫，一个随着形势的变化开始理性务实。

　　他们最终过起了分居的日子，一个屋檐下的夫妻，像两个陌路人。

　　直到岁月老去，直到沈从文先走一步到了另一个世界，张兆和整理沈从文的遗稿，才在落寞中回首他们走过的那些路：

　　　　这一生，究竟是幸福还是不幸？得不到回答。我不理解他，不完全理解他。后来逐渐有了些理解，但是，真正懂得他的为人，懂得他一生承受的重压，是在整理编选他遗稿的现在……

　　从不爱到爱，刚刚把爱投入进去就受到重重的伤害。受过伤的爱变得很脆弱，她小心翼翼地守护着自己脆弱的爱，生活在纠结中，她纠结着：你口口声声说爱我，你是否只爱过我一个？

　　尽管心中有过怨，但是张兆和是个很传统的女人，当初既然选择了这个人，不管幸与不幸，都坚持下去。当那个人永远离去之后，她才发现，她其实很爱他，而且，这一生只爱过他！

站在桥上看风景的女人

张充和选择的生活与姐姐们完全不同。

她小时候的生活方式与她们不同，长大之后依然不同。

她在四姐妹中的古典文化修养最高，人也更古典一些。

她喜欢安静，喜欢低调谦和的生活，不愿意随波逐流，她是一个优雅地站在桥上看风景的女人。她以为自己可以跳出局外洞察世界，没想到，其实她也是别人眼中的风景。

在爱情上，她有一个痴痴苦恋了她整整 60 年的著名诗人卞之琳，不管她爱不爱他，他始终不渝地用一生爱着她。对于卞之琳，张充和一直把他当作一个蓝颜知己。许多蓝颜知己、红颜知己，一辈子只能做知己，只能彼此作为风景来欣赏。

像张充和这种古典正统的大家闺秀，人们大约会臆想她的生活是单调而乏味的。其实不然，传统意义上的大家闺秀，都是优雅而高贵，集聪慧、秀美、才识于一身，琴棋书画样样精通的，张充和就是此类女子。

当年，因为一场突如其来的肺结核病，张充和不得不中断了在北京大学的学业，没能拿到珍贵的北大学位，但这并不代表她的水平就比有北大学位的毕业生低，也不代表她就此失去了好的就业机会。从苏州回来后，她应聘到一家报社当了副刊编辑，编稿的同时，还兼写一些散文、小品和诗词，她的才华立即显露出来。

张充和属于总能赶上好运气的人，假若她在北大拿到学位，也未必能寻找到在报社做副刊编辑的工作。

张充和的命中总能遇到贵人，从出生不久遇上叔祖母，到后来的种种人生经历，充分证明了这一点。

七七事变后，许多中国文人逃难到了云南。张充和也离开北平，先是到了昆明，三姐夫沈从文帮她找到一份编教科书的工作，文学部分的散曲归她编辑。只是，这份工作是临时性的，编辑任务完成，机构便解散了。在当时那个环境下，找不到合适的工作是件很正常的事，好在她有足够的积蓄来应付暂时无收入的局面。其实，于她来说，即使完全不工作，安坐闺房中，叔祖母留给她的那份属于她的田产收入也能维系她的大家闺秀生活。

一时没有工作，充和便随着三姐张兆和一家从昆明搬到滇池边的小镇呈贡。

此时，日军的飞机已经轰炸到昆明城。为了安全起见，清华大学国情普查研究所、云南大学社会系研究室、东方语文专科学校、昆华女中等，都搬迁到了呈贡。许多文化人也随之迁到这个小镇上，安静寂寞的小镇顿时活跃起来。

这个小镇景色秀美，民风淳朴，因为特殊的历史原因，成为那个时期中国的文化重镇。在那个小镇上，一如小镇一般安静娴雅的张充和，却一改平日的平静，变成一个活跃人物。战争给人们带来了莫大的惊恐，人们需要一种宣泄内心的场所和渠道，充和也一样。她是一个内心无比强大的女孩，从来不向命运屈服。外表的贤淑安静，掩不住她内心的不安和躁动。她的人生和那个不安宁的世界一样，不知未来该何去何从。疼爱她的叔祖母去世后，好在她还有父亲。而今，父亲也走了，姐姐们又纷纷嫁人了，可她还没寻到属于自己的爱情。在这个世界上，她觉得自己是个孤家寡人，她用自己独有的方式抒发内心的不平静。

她才华横溢，不但会唱昆曲，还写得一手好字，画得一手好画，弹得一手好琴，大家过去都不知道，原来，这个美才女在关键时刻也是性情中人。

在呈贡的那段时间，她住的地方成为文化艺术界朋友们周末聚会的场所。她笛子吹得好，吸引来了琵琶古筝的音乐爱好者。她书法写得好，案台上有现成的笔墨纸砚，吸引来一批诗人和书法家。

充和的书桌很特别，四个煤油桶上面架一张木板。书桌很简易，书桌上的文房四宝却都是高档货。她手头再紧，对笔墨纸砚也从不马虎，总是选最好的。朋友们来了，她从来不吝啬，谁都可以随手涂鸦。那时节，在呈贡，在张充和的书房中，每个周末便是文人们的世外桃源，那里远离敌人的炮火，远离政治，大家可以尽情抒怀。

平日，陪伴张充和的是一个美丽的苗家女孩，那个女孩的工作是替她打扫卫生、做饭。别看苗族女孩年龄只有十七岁，却已经嫁过人了。苗家女孩和汉族保姆不同的地方是，她更单纯，没有那么多礼节和规矩，不像张家的保姆们那样拿自己当仆人卑躬屈膝，她敢于和充和一样平起平坐，做熟了饭，充和吃，她也吃，守着同一张餐桌，守着同一盘菜。吃饭的时候，便讲她自己的故事，她年龄虽小，却是个有故事的人。她嫁了一个贫穷的残疾人，公公婆婆并不因为自家的儿子残疾、自家家庭条件差而高看这个美丽的媳妇，相反，经常虐待她。

女孩已经习惯了这种被虐待的卑微地位，她觉得女人就该这样，在丈夫家受欺凌是理所当然的，反倒是张充和经常为她鸣不平。一心向佛的叔祖母教会了她慈悲为怀，她有一颗善良的心，能以恻隐怜悯之心体恤身边的每一个人，她从来不以小姐的姿态高高在上。她帮苗家女孩出主意想办法，鼓励女孩勇敢起来，摆脱没有一丝爱情的悲剧婚姻。

在那个年代，在那个偏远落后的地方，一个女孩要摆脱爱情悲剧，提出离婚一点用处都没有，没有人会支持她，婆家也不会同意解除婚约。唯一的办法就是用逃跑来摆脱婚姻，只要这个女孩逃得杳无音讯，原有的婚姻便不了了之，自动解体了。张充和策划让她逃到比如昆明那样的大城市去，虽然女孩的家乡离昆明很近，但是，婆家人如果去昆明找，也像是大海捞针，他们也不会花费力气耗费钱财去做那样的傻事。

于是，在充和的帮助下，苗家女孩在某一个清晨从呈贡消失了。后来她寻找到了属于自己的爱情，在昆明嫁给了一个司机。

张充和操心着别人的爱情，她自己的爱情却没有着落。她不知道自己该爱一个什么人，不知道自己的另一半究竟在哪里。实话实说，对于一心一意爱着自己的卞之琳，她不讨厌，也不喜欢。如果硬要和他结婚，就像三姐张兆和最终嫁给沈从文那样，也未必不可，但充和不想那样。

后来到了成都和重庆，在那里遇上卞之琳，她差不多都快答应和卞之琳的婚事了，国破尚如此，她觉得自己确实需要一个温暖的家做港湾。后来，因为热心的朋友们半是绑架半是玩笑的几次宴会，让她心生厌倦。她不喜欢被别人绑架的人生，更不喜欢被别人绑架的爱情，那一次她独自离家出走悄悄上了青城山，一去就是十天。那十天，她对自己的人生进行了一次认真思考。她其实最喜欢的还是故乡合肥的闲适生活，叔祖母留给她一些田地，那一大片土地足以建一个大庄园。和平年代，她曾设想过要建个风景美丽的庄园，庄园里溪水潺潺，绿树成荫，她就做个洒脱悠闲的庄园主，让文化艺术界的朋友们到她的庄园来放松游玩。可残酷的战争击碎了她的庄园梦！如今，她有家不能归，而且，炮火中的故乡想必也已经是满目疮痍了，她唯有活好每一天。对于一个女人来说，婚姻爱情太重要了，相当于第二次投胎，爱上一个什么样的人，嫁给一个什么样的人，你便开始一种什么样的生活，所以一定不能马虎。这是件需要千思量万踌躇的大事，如果嫁错了，那就悔之晚矣。她想，如果这辈子能遇上合适的人，就把自己嫁了；如果总也遇不上，就这样自由自在地打发余生，做一个单身女性也很不错。身体虚弱的大姐无力带着两个孩子，其中一个相当于送了人；二姐被两个孩子的生生死死搞得心力交瘁；三姐也被两个孩子累得一身疲惫。日常生活中原本就有那么多的烦琐和平庸，赶上这动荡不安、漂泊不定的乱世，无端承载上一份不是自己特别渴望的责任，不但委屈了自己，也是对别人的不负责任。

待一切差不多想明白了，她戴上大草帽，雇了辆人力车，默默地离开了青城山。在选择夫婿这个问题上，她决定宁缺毋滥。

所以，当她决定嫁给精通七八国语言的犹太人傅汉思时，她也曾被自己的决定吓了一跳。选来选去，等来等去，等到了35岁，最终却嫁给一个外国人。

既然选择嫁给外国人，就意味着她选择的生活道路将不同于姐姐们。

1948年年末，张充和与傅汉思举行完婚礼。那时候的北平街道上人迹寥寥，不确定的未来让傅汉思决定去找已经定居美国的家人。本来到中国这个古老的国度他是来寻找奇遇的，到这里他觉得最大的奇遇就是遇上了张充和，娶了这样一个漂亮的中国才女。有了这一个奇遇就够了，他不想再寻找更多的奇遇了。

1948 年 12 月 17 日，北大 50 周年校庆的日子，校园里挂上了鲜红的红旗，在美国大使馆一位领事的催促下，他们清晨从一个小军用机场匆匆上了飞机，辗转青岛、苏州，最后才在上海乘上去美国的渡轮。就这样，张充和跟随傅汉思开始远赴重洋。

或许，张充和毅然决定跟着傅汉思去美国的原因，也与她二姐张允和有关。1946 年，张允和就跟着被新华银行派往美国的丈夫周有光去了大洋彼岸，在那里，张允和经常陪伴周有光到纽约公共图书馆，搜集整理有关对中国语言文字进行研究的资料。张允和的经历让充和觉得，在远离汉语的地方，照样可以研究汉语，大概她也准备像二姐夫那样，去美国安安静静地研究中国传统文化，跳出熟悉的文化圈子进行研究，也许会有新的发现。

不过，她决定要去美国时，周有光和张允和已经离开美国，行走在归国途中。

张充和要去美国的决定，显得那么仓促，但又显得那么顺理成章。

大洋彼岸那片土地上的一切于她都是陌生的。那里的生活固然是未知的，但是，如果生活在自己熟悉的这片土地上，动荡的时局中未来的生活其实也是未知的。她不知道她的远方在哪里，她想，既然都是未知数，那就索性接受一次挑战，去一个陌生的地方开创一片新天地吧。她骨子里喜欢在陌生的环境中挑战自己，从刚出生几个月远离父母跟随叔祖母回到合肥老家时起，就注定了。

傅汉思的父母住在美国的斯坦福，既然要回婆家，按照中国人的思维模式，便应当去投奔斯坦福的公公婆婆。到了斯坦福的婆家，这个中国媳妇住得并不踏实，并不仅仅是因为这里是美国，这里的观念与中国不同。最重要的是，张充和原本就不是那种靠别人吃饭的女子，她要出去找工作，自食其力。

先是傅汉思在美国加州的伯克莱大学找到了一份兼职工作，接着，张充和也在伯克莱的图书馆找到了工作，于是他们就搬到了伯克莱定居下来。后来，他们又回斯坦福生活了两年，然后移居到康涅狄格州的北港。最后的岁月则定居在耶鲁。

初到美国，他们的生活很贫困，但是，他们把日子过得有滋有味。他们有一双儿女，不过，这两个孩子其实都是他们抱养的。在伯克莱的时候，他们抱养了一个刚出生的男孩，孩子来到他们身边后，张充和便辞去工作回家做起了全职妈妈。几年后到斯坦福后，他们又抱养了一个女孩。于是，他们便是儿女双全的幸福家庭了。

抱养一双儿女，并为之付出无数心血抚养他们长大，甚至因为请不起保姆而辞去了心爱的工作。像张充和这种事业型女子，这样的行为未免让人费解。可是细想一下，这事发生在她身上却又很正常。她自己从小被别人抱养，抱养她的叔祖母待她如亲生，这种超越亲情的人性美教会了她怎样去爱这个世界。在见证孩子们健康成长的柴米油盐的日常家庭生活中，她寻找到了生活的情趣，中国的大家闺秀也是食人间烟火的有血有肉的人。

她悉心教育她的孩子们。为了在美国弘扬中国的昆曲文化，她培养女儿傅爱玛学习昆曲。她的教育方式很人性化，这个没有任何昆曲基因的白种女孩·开始很抗拒学习这种古老的很难懂的中国戏剧，张充和就用物质奖励的办法，女儿最喜欢的小零食是陈皮梅，于是她每唱一首曲子，便能得到母亲奖励的一个陈皮梅。在陈皮梅的诱惑下，傅爱玛不但学会了很多昆曲段子，还学会了吹笛子。从九岁起，这个美国小姑娘就和张充和一起登台唱昆曲、吹笛子。那时候，这种在中国本土几乎失传的古老戏曲文化，却字正腔圆地唱响在美国的土地上。

从 1948 年离开祖国，到 1979 年重返故园，与祖国、与故乡，与同胞姐弟一别就是三十多年。当她再次回到苏州九如巷老宅的小院时，物是人非，一切都不再是旧时模样。她身穿旗袍，站在九如巷巷口，回望往昔的岁月。当年那个纯情美丽的少女，已经变成了一个高贵娴雅的老太太——青春老去了，气质却依旧，她更加优雅了。张充和一直活到了 2015 年的夏天才告别人世，那年，她 102 岁，整整美丽了一个世纪，整整优雅了一个世纪，被坊间称为民国最后一位才女。

第五章

事业篇

活在戏中的大小姐

视昆曲为生命的张元和一生都没有走出戏剧，张家大小姐是活在戏中的。

有人说，元和选择当时地位低下的戏子做夫婿，并不是因为她多么爱顾传玠，而是因为她深爱着昆曲。因为爱昆曲，因为对昆曲和舞台的热爱，所以选择了昆曲唱得最好的当红小生顾传玠。

如果张元和真是一个活在戏中的女子，那么她的一生注定是一出悲剧。

她和顾传玠在兴趣爱好上的交集便是昆曲，一旦顾传玠远离了昆曲，留给张元和的便只有无尽的寂寞和怅然。

顾传玠虽然是昆曲天才，扮相俊美，无奈他好高骛远，对这项事业缺乏足够的信心。每个人都不是全才，这方面才华出众的人，在另外一些方面也许就会很平庸。如果一生用对了有才华的那一面，你便是出类拔萃者；如果一生都没找对自己的才华在什么地方，便注定会庸庸碌碌。顾传玠唱昆曲的才华已经被发现并发掘，他真不该就此放手。

顾传玠一直想做上等人，离开戏剧舞台，他的每一步都在向做上等人进发，包括他追求张家大小姐元和，也是他想摆脱戏子的名号，证明自己的一种表现。

嫁给自己梦中的儒雅小生，张元和像戏中得到爱情的那些女子一样，很是快乐了一段时间。她凡事都把丈夫摆在前面，自己安坐在家中做她的幸福娘子，她不再抛头露面出去工作。顾传玠为了让自己的妻儿像真正的上层阶级的家属们一样过养尊处优的幸福生活，也曾奋发努力。但是，他确实缺乏经商的才能。事实上，九如巷大小姐张元和过的不过就是一般家庭妇女柴米油盐酱醋茶的平民日子，难怪有人对比张元和以前在九如巷的生活，会直叹"不如"。

是不是"不如"，别人说了不算，只有张元和自己说了才算，她觉得幸福便是幸福，她觉得快乐便是快乐。

那个时候，有好友相邀，顾传玠顾及面子偶尔还是会参加演出的，只要顾传玠去唱，张元和一定相随。抗战期间，上海已经没有戏院，正宗的昆曲艺术几乎完全停止了，只有个别业余剧社还有一些地下的小型聚会活动。所谓的业余，因为参与者大多为票友，他们的职业是医生、律师、银行家、商人之类的，这些人在上海这座孤岛上，有足够的能力养家糊口，饱暖之后才有闲心做昆曲票友。此类昆曲聚会一般是几十人，有时候甚至上百人，不但要有场地保障，聚会场所还要安全，不会随时被日本人查封。

于是，汪伪政权的外交部部长褚民谊家便成了昆曲票友的聚集地。

褚民谊喜欢昆曲，他的宅院内有一个能容纳一百人的戏院，能去那里听戏的，都是上海有头有脸依然过着精致生活的人物。顾传玠和张元和的生活没那么精致，却因为对昆曲的热爱，也是这类曲会的参与者。

当悠扬的乐曲响起的时候，在日寇横行的沦陷区，这美妙的曲子与时局显得格格不入，有些"商女不知亡国恨，隔江犹唱后庭花"的苍凉感。褚民谊再热爱民族传统昆曲艺术，也抹不掉他大汉奸的标签。所以，经常作为褚民谊座上客的顾传玠和张元和心中也很纠结，他们并不想和汉奸走得这样近，奈何又经不住昆曲的诱惑。张元和无论什么时候都像一个戏中女子，即使在抗战最艰苦最困难的时期，她依然顽强保持着戏中女子的那份优雅，她不允许自己颓废凋谢。

抗战胜利后，并没有人追究顾传玠夫妇经常去褚民谊家唱戏的事，反倒是他们自己感觉脸上无光，觉得因为对昆曲爱得过分，没有保持住自己的气节。顾传玠原本就是为昆曲而生的，张元和则是活在戏中的女人，他们无力主宰自己的命运。虽然只是与大汉奸同台亮相，除此之外没有任何其他方面的接触，但他们反省自己，也觉得很不自律。后来，顾传玠坚决要离开大陆去台湾，大概也有这方面的因素。

离开家乡前，顾传玠唱得最正规的一场戏，是在家中搭戏台欢迎一位朋友。这位朋友是来自美国的民国史研究领域的泰斗，号称"头号中国通"的费正清，费正清这个中文名字还是梁思成、林徽因夫妇为他取的。那一次的戏台搭得很隆重，除了欢迎那位外国人，还有一层意思，便是为刚刚从美国归来的张允和夫妇接风。

那一次顾传玠唱的都是经典剧目，《游园》《思凡》《惊变》，不需要任何排练，穿上行头扮上妆就可以上场。顾传玠当然是主角，张元和、张允和也都上了场，那一次他们过足了戏瘾。那群幸福的观众也欣赏到一次很高水平的昆曲表演。

张元和嫁给了昆曲名家，可他给她提供的演出机会其实并不多。所以，遇上合适的时机，张元和也会抛开顾传玠自己去参与一些演出活动。1947 年 10 月 1 日，中国福利基金会为筹募文艺界医药救济基金，在上海举行中秋游园会，她和汪一鹏搭戏演出了《牡丹亭》，那天的观众都是政界、文化艺术界的著名人物。这场高规格的演出，能让张元和上场，并非因为她是高水平的票友，更多因素是因为她的丈夫是著名昆曲演员顾传玠，顾传玠没来参加演出，让他的夫人客串一把，观众更觉新鲜。

嫁给顾传玠后，张元和完全放弃了自我，她活在了自己营造的戏剧氛围中，把生活当成了一出戏，把自己当成了戏中人。其实在别人眼里，她不过就是顾传玠的女人。过去，人们视她为苏州九如巷的张家大小姐，后来，就连大小姐的标签也渐渐淡去了。

从大陆到了台湾，顾传玠再也不登台演戏了，他试图让人们忘记他曾是戏剧舞台上的当红小生的身份。张元和觉得，顾传玠就此完全放下他的昆曲事业实在太遗憾，所以她劝说他整理一套关于昆曲艺术的资料，至少，也该把他饰演小生的身段认真记录下来。他如果不愿意写，可以由他示范，她代笔记录，有了时间便抽空整理一些，最后可以做成一部关于昆曲的书。

顾传玠并没有配合张元和做这件事情，他给出的理由不是不想传承这门古老艺术，而是担心以当时自己的精力和体力，做不好这件事。他遇事讲究完美，对昆曲艺术，他热爱并敬畏，也正是因为敬畏，所以才不敢随便写什么书。他觉得，倘若不能把这件关乎他声誉的事情做得尽善尽美，那就还不如不做。

于是这件事情便搁置下来了，一直没做。

张元和从来都尊重顾传玠的意见，他说得对的时候，她执行，他说得不对的时候，她依然无条件执行。只是不知从什么时候起，她变得少言寡语，平时很少说话，喜欢沉默。在张家四姐妹中，她是话最少的一个。这样的妻子算不算好妻子姑且不去论，张元和作为一个传统的大家闺秀，女人的三从四德确实做得不错。她把小时候读过的《女儿经》进一步发扬光大，她比那些古戏中的女子更传统。丈夫是天，她是装饰在天上的一颗星。

当年，那个孤傲美丽的女大学生，那个不把任何人放在眼里的"大夏皇后"，一旦遇上风流倜傥的戏中书生，便甘愿让自己低调成一个低眉顺眼的小娘子，这里面有爱情的因素，但也不完全是因为爱情。

在台湾的生活并不比上海风光多少，顾传玠远离了昆曲，张元和当然也要随着他过没有昆曲的枯燥生活。朋友相聚，即使场上氛围合适了，也很难听到顾传玠经典的昆曲。只是有时候高兴了，他才会拿出笛子即兴吹上一曲，曲子飘逸婀娜，静美优雅，只有那个时候，他的神情中才又有了舞台上俊逸书生的洒脱。张元和听着看着比任何人都投入，她迷恋的顾传玠本来就是这样的。

顾传玠虽然在台湾再也没有登上戏剧舞台，但是，他对昆曲的传承依然做了很多工作。他也曾走进大学当客座教授教学生昆曲，最正宗的苏味南昆《牡丹亭》在大陆几近绝迹，在台湾却得以传播开来。

张元和以为她可以和顾传玠相伴终老，昆曲的事不必急，等到他老了，不想再经商了，他们重拾旧梦，还能接着唱昆曲，却没想到时间是不等人的，曲未终，人却散了。顾传玠才50多岁，身体就变得越来越差，去医院检查出他患上了严重的肝炎。或许他知道自己的生命将要走到尽头，生病之后，他突然开始唱昆曲了。没有伴奏，只是清唱，却唱得有板有眼，雅致脱俗，极有韵味。

1966 年 1 月 6 日，一个寒冷的日子，顾传玠因为肝病去世了。

1966 年是张元和生命中不平静的一年，顾传玠在台湾去世，她和儿子分别承受着失去丈夫和父亲的悲伤与痛苦。也是在那一年，远在苏州，她的干姐姐凌海霞也去世了，她的女儿顾珏也在承受失去养母的伤痛。同样在那一年，为了生存，结婚之后就没有再工作过的张元和，走出家门找了工作，她的工作是在台北"中央研究院"植物研究所生物中心担任秘书。四年之后，年过六旬的她，已经不适合再出去工作了，她回到冷清的家中，决定用自己的余生为顾传玠、为她深爱的昆曲做些事情。

当初，含泪送走顾传玠，很长时间，她都无法让自己平静下来。曲终人散，当寂寞长夜安静下来之后，她才感觉自己要做的一件很重要的事情还没有做，那就是记录下顾传玠的小生身段，这是她此生最大的一件憾事。而今为她做示范的人已逝，再想完成这项工程难上加难。

"愧，愧，愧，愧对传玠。"

张元和把一切的责任都归到自己身上。带着深深的负疚感，她开始着手整理顾传玠留下的曲谱、剧照，她做的第一件事情便是制作了一本记录顾传玠生平和艺术之路的纪念册。

组织纪念顾传玠的演出活动，是她要做的另一件事情。

这种纪念活动，不但是为了纪念这位已逝的昆曲名家，也是为了昆曲艺术的传承。

某一次纪念活动上，演出的剧目是《长生殿·埋玉》，她扮的是唐明皇。她扮上妆之后，似曾相识的场景，使她情不自禁地想起了当年在上海的一场演出。那时候，她扮的是杨玉环，顾传玠扮的是唐明皇。而今，杨玉环还在，唐明皇却已经静卧在九泉之下了。戏演到结尾处，场景是唐明皇葬杨玉环，杨玉环的身体用锦被包裹着，被唐明皇草草葬于浅坟中。触景生情，她感慨地含着眼泪说："想不到，时隔多年，在台湾黯然神伤演《埋玉》，我埋的不是扮杨玉环的张元和，而是埋了扮唐明皇的顾传玠这块玉啊！"

来台湾，是为了顾传玠。如今他人不在了，在台湾的家中，总会唤起张元和对顾传玠的思念。她决定离开这个伤心之地，赴美定居，那里有她的四妹张充和，她要让昆曲艺术在美国发扬光大。

张元和到美国后，为昆曲艺术做了许多事情。她办曲社，和票友们登台义演，她登上讲坛教授昆曲，还汇总昆曲的唱腔及身段，编辑出版了一部图文并茂的《昆曲身段试谱》，这部著作成为专门教导昆曲身段的经典课本。

在美国的日子里，张元和最大的收获是与女儿顾珏重逢了。女儿被凌海霞收养后，被改名凌宏，因为凌海霞经济条件越来越差，顾珏在成长过程中受了一些苦。但她与姨妈们始终保持着联系，所以，对于母亲的情况还是了解的。与父母分别三十一年后，顾珏在美国见到了母亲张元和，一直思念牵挂着她的父亲已经不在人世，双亲只剩下母亲。母女重逢，张元和唯恐女儿一去就再也见不到，她不能再失去女儿了。为了让女儿再也不离开自己，她让女儿一家来美国定居，除了母女之间有个照应外，顾珏还可以经常去照顾一下四姨妈张充和。

离开魂牵梦绕的故乡许多年，老了，却终于有了机会重回故土，她参加各种与昆曲有关的文化活动。最后一次回到祖国是她 78 岁那年，政协部门组织纪念汤显祖的活动，她和四妹充和都参加了。那一次，她们姐妹合作演出《游园惊梦》，她扮演书生柳梦梅，这个原本是她的夫君顾传玠的拿手好戏，张元和得到了丈夫的真传，她扮演的柳梦梅潇洒俊逸，完全没有 78 岁老人的老态。

老了，张元和反倒更加活跃起来。她不仅仅演昆曲，还演过电影。根据旅美华裔女作家谭恩美长篇小说改变的电影《喜福会》需要一个演员，这部影片描写的是移民美国的华裔母亲与在美国出生的女儿之间的代沟和隔阂冲突，这个故事张元和喜欢。虽然那年张元和已经 85 岁了，还是欣然接受邀请客串了一个媒婆的角色。在影片中她身穿中国式黑绸棉袄，脚上是一双黑绒尖口鞋，鞋尖上钉有本色珠子花，这身行头是她从自家翻箱倒柜找出来的。

当年，她的父亲张冀牖有开电影公司的想法时，她曾做过电影明星的梦，后来父亲把投资电影公司的钱用来办了乐益女中，张元和的明星梦直到老年才得以实现，她无憾了。

她确实无憾了。94 岁那年，她的《张元和饰演昆剧〈牡丹亭·游园〉中杜丽娘身段影集》出版。95 岁那年，《顾志成纪念册》出版——顾志成是顾传玠告别舞台后用的名字。

2003 年 9 月 27 日，张元和在美国逝世。这位活在戏中的大家闺秀完成了她的戏剧人生，安安静静离开了这个世界。

优雅温婉的大家闺秀

周有光、张允和从美国回到上海，是上海解放后的第八天。

他们离开祖国三年了，这三年时间，他们去过美国、英国、法国、意大利、埃及、缅甸，当渡轮靠近上海港口，双足踏上这块土地的那一刻，他们感到从未有过的踏实。

终于回家了。

当时正是初夏季节，到处是草木葱茏的美好景色，整个大上海的氛围和他们离开的时候完全不一样。江海关六楼挂着一条 30 多米长的巨幅标语——"欢迎解放军解放上海"，从永安公司大楼经过的时候，在大楼最显眼的位置插着鲜艳的红旗，街道上有走着整齐队形的军队在巡逻，这支军队身着草绿色棉平布中山装，胸前佩戴"中国人民解放军"黑字白底红边的布胸章——这就是传说中的解放军啊。

虽然这座城市展现的是一片百废待兴的景象，但是张允和回来后感觉特别踏实。

很快，新中国的人民政府便派人来和周有光沟通。他是学经济的，又被派驻国外多年，现在新中国急需经济专家，急需培养经济方面的人才，政府决定安排他担任复旦大学和上海经济研究所的教授。周有光答应了。

张允和则被安排到上海光华附中教高一的中国历史课。

其实她不想教历史，对她来说，教国文比教历史更合适一些，她的文学功底比历史底子深厚。但是，学校里不缺语文教师。依照张允和的性格，她从来都不会服输。不就是教高中历史课吗，不会的就学，她坚信她会成为最好的历史教员。

她不敢草率上阵，临教课前，她买了一大批与历史有关的书籍。在北京的三妹夫沈从文听说二姐允和要当历史教员，抓紧给她寄来一大包诸如《东洋读史地图》《东洋文化史大系》之类的图书。经过短期速成学习，张允和认真备课并做好了教案。她确实是个聪明人，走进课堂，她的历史教学水平不逊色于教了半辈子历史课的老教师。

如果这辈子就踏踏实实教历史课，可能张允和最终会以历史教师的职业干到退休，然后拿着国家给的退休工资按部就班度过后来的岁月。

不过，如果那样就不是张允和了。历史课教了不到一年半，她就在一次区里组织的历史教学研究学术交流会上提出了一大堆不同见解。

　　一般这种学术讨论活动都是说教学工作中的闪光点，唱赞歌的多，像张允和这种说问题、提不足的人很少。参会的老师们一半是鼓励，一半是调侃地对她说："你的意见提得有特点，不如写出来。"

　　张允和把这话当真了，她认认真真写了一篇两万多字的稿件，寄给了上海的《人民教育》杂志。这家杂志大约觉得这份稿件写得还不错，不过不适合他们刊登，因此很负责任，秉着好稿子绝不埋没的原则，把稿子转到了人民教育出版社。

　　人民教育出版社汇总了张允和与其他人对历史教科书的意见，在《人民日报》上发表了一篇《敬答各方面对教科书的批评》。这些提意见的人当中，就数张允和提的意见多。1951 年春节，张允和带着儿子到北京三妹家串亲戚，沈从文正翻看当天的报纸，看到《人民日报》上的那篇文章，就问张允和，文章中提到的那个"张允和"是不是她。

　　张允和没想到一篇提意见的文章竟然闹出了这么大动静，她更没想到，还有更大的动静在后面，时任人民教育出版社社长的叶圣陶因为这篇文章，推荐张允和到人民教育出版社工作。

　　当人民教育出版社的一纸调令发到上海的时候，张允和有些犹豫了。离开丈夫儿子，一个人到北京工作，从此一家人要过两地分居的生活，值得吗？走还是不走？

　　关键时刻，周有光给了她很大支持，他鼓励她调到北京，到了那里，会有更大的发展空间。

她去了，只身来到北京，着手参与新编历史教科书的编写工作。四十多岁了，又开始了一种新的生活模式，她和丈夫相隔千山万水，只能通过书信沟通感情。他们的两地书信通得很勤，也轻松随意，在信中还经常互相调侃。这种用通信维系爱情的方式，让他们忆起青年时代的青涩朦胧，似曾相识的牵挂和思念。此时，虽然不能两相厮守，彼此心中的爱却没减半分。

20 世纪 50 年代初，张允和大病一场，她的牙齿不断流血，到医院查出是齿槽骨萎缩。她请假回上海治病，此一去，彻底丢掉了在人民教育出版社的那份工作。像张允和这样的才女，再谋职业并非难事。周有光考虑再三，觉得她还是不出去工作为好。

失去工作后的张允和重新调整心态。很多年没有回苏州的娘家了，她故地重游，寻找童年的足迹，和旧日曲友再忆《游园》《佳期》昆曲曲谱。回到上海后，她重拾昆曲旧梦，每个周六跟着花旦张传芳学昆曲。《断桥》《琴挑》《思凡》《春香闹学》《游园》《佳期》等这些昆曲的身段谱，如果再不整理出来就快要失传了，她闲来无事，便着手做这项工作，这与大姐元和、四妹充和不谋而合。童年时代，父亲让她们学的昆曲，没想到，从此根植在她们的生命中，成了姐妹们一生的爱好。

这辈子张允和注定与北京有缘。后来周有光被国家文字改革委员会选中，让他到北京参加汉语拼音方案及文字简化工作，还任命他为文字改革委员会研究员和第一研究室主任。

文字改革委员会副主任胡愈之亲自找周有光谈话，让他马上调到北京工作。周有光对这个突然的调动喜忧参半，他喜欢做语言文字研究，但是，对于学经济出身的他这毕竟不是他原来的专业。还有，他不喜欢北京的气候，干燥且风沙大，对于一直生长在南方的他来说，会不会水土不服？

他决定先进京看看，如果工作居住环境还说得过去，那就调动吧。

工作人员带他到景山东街去看他将来的住处。推开有石狮守卫的朱漆大门，走进一处宽阔的院落，他发现这是一个景色秀美的大院，院里的一池荷塘中还有金鱼游弋，这园林既有北方的质朴，又有南方的幽静。工作人员介绍说这个地方名叫公主第，最早曾经是乾隆皇帝赐给四女儿和嘉公主的驸马府。公主第里面有许多小院落，给他安排的是西边第二个院子的一栋花草环绕的小洋房。这样优美的居住环境，给了周有光一个惊喜。

周有光决定进京，作为妻子的张允和随夫去北京自然也是天经地义的。于是，1956 年春天，张允和再次走进北京城。

在北京，张允和被邀请参加北京昆曲研习社的筹建工作。1956 年，现代诗人、作家、红学家俞平伯先生倡导成立昆曲研习社，张允和成为联络组组长。

俞平伯不但喜欢红学，也爱好昆曲，他的妻子许宝驯是出生在杭州书香门第的大家闺秀，昆曲唱得好，还会填词谱曲。张允和走进昆曲研习社，俞平伯夫妇与她亦师亦友，大家都喜欢称呼允和为"张二姐"，俞平伯也随着大家这样称呼她。允和在研习社里做一些日常工作，俞先生信得过她，总是把剧目说明书、通知、请柬、电报、回信等交给她写。

充实的生活让允和重新找回自己，而在昆曲研习社，不仅仅是充实，那是她一生中最喜欢的艺术。她欣然投入其中，开始踏踏实实研究昆曲艺术，有时候也登台演出，不管是什么角色，哪怕是一个只有几句台词的小配角，她都认认真真去演，用字正腔圆的苏州话演昆曲，显得比别人更正宗。北京票友不会讲苏州话，这让她很有优越感、自豪感和成就感。在俞先生的鼓励下，她还学着写剧本，她的散文也越写越有味道了，俞先生表扬她说："张允和文章结尾悠悠不断的，很有味道。"张允和便高兴得像个孩子一般，许多日子心里都甜甜的。

张允和积极参加昆曲会，还在于她有一个坚强后盾——周有光也加入了这个社，而且每一次开会都陪着妻子参加。得到心爱的人的大力支持，心情想必是不一样的。

参加昆曲会三年后，他们的孙女周和庆出生了。即使是在带孙女的日子里，张允和的事业也没耽误，她总能把生活和事业都安排得很和谐，这是很多女人做不到的。

这样快乐的日子持续了八年，1964 年，昆曲研习社宣布解散。

之后的日子里，张允和小心翼翼地生活着，不过，她始终保持着独特的优雅。直到十五年后，昆曲研习社又恢复活动，张允和像是蛰伏了一个漫长的冬季骤然苏醒过来。她似乎一直在等待这一天，昆曲研习社一恢复，她立即活力四射。

老社长俞平伯已经年迈了，大家推选张允和担任昆曲研习社社长。她不敢辜负大家的厚望。张允和主持这个曲社做的最大的一件事，就是在文化部的支持下，于1985年倡导组织了纪念汤显祖诞辰435周年的大型昆曲演出。

那是一次昆曲艺术界的盛会，全国各地乃至世界各地的昆曲爱好者都聚集到北京，来参加这次艺术盛会。张允和的大姐张元和、四妹张充和也从美国赶了过来，分别几十个春秋，姐妹四个第一次在北京聚齐。

童年时代、少女时代，姐妹们同台演昆曲的情景仿佛就在昨天。人生如梦，如今她们已是满头银发的老人了，如果再同台演出一场，该是怎样动人的一个场景。

这一次，允和不上场了，她是整个活动的组织者，还有许多工作要做。

这一次，兆和也不上场了，她已许多年不唱昆曲，对自己没有把握。

这一次，只有大姐和四妹一起登上舞台。

这一次，大姐又演柳梦梅，四妹再演杜丽娘。

年近八十岁的大姐张元和不仅带着父亲当年对她们的希冀来参加这次演出，也带着丈夫顾传玠最后没来得及圆的那个梦。大姐演的柳梦梅，四妹演的杜丽娘，从表情到身段，都是那么专业，得到了昆曲艺术界同仁们的一致好评。

张允和是个很懂得生活的女子，她不会因为事业把自己累得憔悴不堪，她做的都是自己感兴趣的事，比如昆曲，比如编家庭杂志。张家有一本家庭杂志叫作《水》，从张家兄弟姐妹小时候就开办了，不对外发行，只是自家看着玩。他们长大后，杂志便停办了。允和八十多岁的时候，又把《水》复刊了，从这本小刊物的编辑工作中，她寻找到生活的乐趣，她喜欢这种有情趣的生活。

她永远是那么优雅，那么时尚，八九十岁的时候，依然是一个优雅时尚的老人。

她一生保持着喝上午茶、下午茶的习惯。上午十点钟，她和周有光沏上一壶茶或者一壶咖啡，慢慢品饮，慢慢聊天；下午三四点钟，他们的下午茶时间便到了，下午这壶茶会一直喝到黄昏时分……

世上最浪漫的事不过如此，他们相伴一生，慢慢优雅地老去。

他们以为会一直这样相伴下去，直到一起走到世界尽头……

2002 年夏日，张允和 93 岁，静静地离开了这个世界。此时，她的另外三个姐妹都还健在，她是四姐妹中走得最早的一个。

留下她的另一半周有光，偶尔，还会提起他的张允和……

独立坚强的贵族气质女子

张兆和的独立坚强是从小就养成的。

她天生和姐姐妹妹们性格不一样。小时候，她和两个姐姐是一起长大的三人组；长大之后，反倒是从小没和她们在一起的小妹张充和与大姐二姐更像三人组。她们的娇媚可人以及衣饰上永远不变的讲究与优雅，都不是兆和的追求。张兆和追求的是贵族女子的内在气质，她不喜欢虚荣，不喜欢浮华。少女时代，她是俊美的清纯女生；青年时代，她是素面朝天、丽质天成的文化女性；老年的她，花白短发梳理得一丝不乱，面庞依然清秀，姿态依然优雅，眼神中没有暮色的浑浊，看似普通的装扮中，却透着挥之不去的另类气质，这是张兆和独有的。

她的意志坚韧、开阔大气是生养她的家庭给予她的，也是出嫁之后受丈夫影响的。

倘若她当初没有嫁给沈从文，而是嫁给了一个门当户对的男子，她会是什么样？我们不清楚，但是有一点是肯定的，张兆和骨子里的倔强不会改变。

沈从文不是一个十全十美的好丈夫，也许可以说是白璧微瑕。可就这点微瑕，在张兆和心中，也是过不去的坎。她是完美主义者，但是她的爱情却没有达到她追求的那种完美，那个魅影一般在他们生活中出现过的高青子，一直是卡在喉咙中的鲠，上不来下不去的，特别是事情刚发生的那些年，张兆和与沈从文的隔阂更多在于情感上。

抗战之初，沈从文独自南下赴西南联大任教，张兆和并没有随他一起去，而是带着两个年幼的孩子留在北平的家中。那时候，大儿子龙朱两岁，小儿子虎雏刚出生。孩子尚小无法远行，不过是张兆和的一个借口。正因为孩子小一个人带不过来，才更应该跟随丈夫一起走，况且那时候的北平已经很不安全。可她就是那么要强，就是那么不喜欢在人前服软，她其实还在因为高青子的事和沈从文生气。

沈从文走后一年多，张兆和总算带着孩子辗转到了昆明。此时的兆和是一个标准的家庭主妇，不但要照顾丈夫和两个孩子，还要照顾一直跟着他们生活的沈从文的九妹，这个小姑子脾气古怪，并不怎么好相处，兆和一切都忍了。从她嫁给沈从文起，便一直过着苦日子，这日子是她在娘家的时候根本想象不到的。可不管现实怎样，她都接受了。

西南联大的条件比北平艰苦得多，学生宿舍都是草顶土墙的茅草房子，窗户是通风的木格子窗，沈从文分到的教职工宿舍基本上也是这个水平。最让张兆和难以忍受的是那里的跳蚤臭虫，不仅多，且咬人的水平高，但是想捉到它们却不易。某一夜居然被她捉到一只，她童心未泯地揪下一根头发把它系住，并把头发在手腕上绕了一圈，被拴住的跳蚤也不闲着，就顺着头发在她手腕上咬了一圈。几十年后，回顾在西南联大的那段艰苦生活，张兆和的纯真和乐观依然能感染听这段故事的人。

不久，在日军飞机的轰炸中，昆明也住不下去了，1939年春，张兆和带着孩子又逃到郊区县城呈贡。

那时候，四妹张充和也到了呈贡，她就住在三姐兆和家里。这些年，充和亲眼见证了三姐怎样从一个意气风发的美丽少女变成掌管柴米油盐的家庭主妇，怎样从不食人间烟火的圣洁仙女变为尘世间的劳动妇女，怎样从一个多才多艺的闺秀变成家中任何琐事都要亲力亲为的全职太太。她为三姐鸣不平，在充和心目中，她的三姐不该变成这样。她知道，三姐虽然不像另外两个姐姐那样在外表上和形式上像个大小姐，但内心深处却有更浓烈、更傲然的气质。三姐从来不说自己有多么委屈，其实她只是不愿对任何人倾诉。于是，充和鼓励三姐兆和走出家门，出去做些事情。

张兆和早就想走出去了，只是这些年为家庭所累，没有走出去的机会。这一次她听了妹妹的劝告，到呈贡的一所难童学校当了教师。这所学校离家并不近，她没有交通工具，每天步行 20 里路去那所学校，即使这样，她依然很快乐。她终于又可以走出家门工作了，这不仅仅是脱离了纯家庭主妇模式，也不再让自己被丈夫的才华所淹没。她在家庭之外找到自己的价值，她是一个独立的有自己工作和事业的女子，她喜欢自己工作中的状态。沈从文也喜欢，其实他也不希望自己心目中那个曾经的女神沦为毫无特点的家庭妇女。当年，在中国公学大学部外语系，那个留着飞扬短发、腋下总是夹着两本洋书的傲气俊美的女学生，如果因为自己而变成生儿育女、操持家务的家庭主妇，沈从文也感觉自己罪莫大焉，把绝代红颜摧残成黄脸婆，这未免有些暴殄天物了。

沈从文天生爱圣洁美丽的女子，当年中国公学校园里的张兆和就是惊为天人的女子。后来，他遇上了高青子，高青子出现的时候，张兆和已经开始从天上着陆到凡间，成为朴素的家庭主妇，沈从文的爱情便向高青子那边倾斜了。即使到了昆明，即使在张兆和已经住在呈贡的时候，高青子再次来到他身边，他依然有些把持不住自己。他与高青子的密切交往引起许多流言，好在高青子及时离开了，否则后果不堪设想。

不过，沈从文内心深处是爱兆和、爱这个家的。家安到了呈贡，他依然在西南联大教书，只有周末才坐着小火车回一趟呈贡的家。那个时候，是一家人难得团聚在一起的幸福时光。在炮火连天的战争年代，在遥远的大西南边陲小镇，一家人围着用装油桶的木箱架起的木板做成的饭桌，吃上一顿简单却可口的饭菜，那温馨的场面温暖了孩子们的童年。后来，沈从文在给张兆和的一封信中回顾那段时光：

> 小妈妈，生命本身就是一种奇迹，而你却是奇迹中的奇迹。我满意生命中拥有那么多温柔动人的画像！更感动的是在云南乡下八年，你充满勇气和精力来接受生活的情形，世界上哪还有更动人的电影或小说，如此一场一场都是光彩鲜丽，而背景又如何朴素！

抗战胜利，西南联大三校各自复校，沈从文从昆明回到北平继续在北大任教。张兆和带着孩子比他晚回去半年，虽然费尽周折，一家人总算又在北平团聚了。

沈从文比在大西南的时候忙碌多了，他除了教课，还担任《益世报》《经世报》《平明日报》《大公报》的副刊编辑。这些其实都不算他的主业，那段时间，他把主要精力投入到文物研究和瓷器收藏方面。这些需要耗费的不仅仅是精力，还有财力。张兆和对这些事是不上心的，此时时局正乱，内战打得正酣，张兆和没有多余的精力关注沈从文的事。等她把目光投向他那边时，沈从文已经在政治上处于焦头烂额的境地，他们宁静的生活被彻底打乱了。

1948 年 3 月，郭沫若在香港《大众文艺丛刊》发表文章《斥反动文艺》，沈从文被定性为有意识地作为反动派而活动着的"桃红色文艺"的作家，北大部分进步学生也从教学楼上挂出标语批判他，朋友们避之不及纷纷远离他。沈从文的内心陷入了孤独，他无限委屈，因为他从来没有想过用他的笔与人民为敌，从来没有想过要与红色政党对着干。自己的作品被否定，人品被否定，他痛苦不堪，看不到前途在哪里。他经常睁着茫然空洞的眼睛望着他收藏的那些文物，自言自语絮絮叨叨：我应当休息了，归去吧，归去吧。他觉得，只有故乡湘西的凤凰城才是他心灵的港湾。

张兆和并不是一个细心的女子，但是也注意到了沈从文的变化。她不知道他的许多精神症状是抑郁症，只是觉得沈从文比过去消沉多了。他们居住的北京大学宿舍的家前几年一直是高朋满座，现在却是车马冷落。张兆和觉得宾朋少了没什么不好，这样反倒清净一些，她本就喜欢安静。那时候，她和儿子都不理解沈从文，在新旧交替的时代，到处都是热火朝天的欢乐景象，他不往前冲也罢了，反而变成这样，家里人都觉得他这是在给全家拖后腿添乱，连二儿子沈虎雏都觉得"他的苦闷没道理，整个社会都在欢天喜地迎接一个翻天覆地的变化，而且你生什么病不好，你得个神经病，神经病就是思想问题"。

直到 1949 年春天，沈从文出现了厌世情绪，屡屡试图自杀，张兆和才感觉到了问题的严重性。他先是把手伸到电插头上，被儿子救了下来。到了 3 月末，他想彻底了断自己的生命，便关紧了卧室的门，用剃刀划破脖颈及两腕的脉管，还喝了煤油，被发现时，已是鲜血喷射的惨烈场面。幸好抢救及时捡回一条命，伤情稳定后，他转入精神病院疗养。张兆和被他搅得憔悴不堪，不知道该怎样劝导他。

鉴于沈从文的这种身体状况，秋季开学时，北京大学取消了他的课程，他已经不适合再担任教师职务。于是，那年冬季，他被调到历史博物馆，他的工作是为文物贴标签。

这个工作似乎很适合他，黑黢黢的库房里只有他一个人，默默地做一些在别人看来枯燥无味的工作。他喜欢这工作，除了写小说，他喜欢的另一件事情就是文物研究。

张兆和的心态和沈从文不一样，沈从文已经这样了，她必须坚强，必须适应时代的变化。在新中国，她找到了自己喜欢的工作，先去华北大学进修，然后在师大附中教书。因为她文学功底深厚，从 1941 年便开始发表作品，所以后来她得以调到《人民文学》编辑部任编辑。她身穿列宁服，看上去干练洒脱，这时的张兆和又让人想起了甩着一头乌黑短发的中国公学那个女大学生，她又像少女时代一样精神焕发起来。

命运就是喜欢开各种各样的玩笑。当年，沈从文编刊物的时候，张兆和离文学很远；现在轮到张兆和编刊物了，沈从文却已是文学圈外的人。

她是一个敬业的好编辑，也是一个认真写作的好作家。她的小说有自己独有的特点，几乎都是以十五六岁的女孩为主角，从孩子的视角看世界，这个世界总是那么纯净又美丽。她的语言也是干净朴素，文字波澜不惊，或许，内心单纯的张兆和只能写这样的作品。她永远是单纯的女子，像一个孩子没有心机。

她不理解这个世界上的许多错综复杂，她也不理解沈从文，不明白他为什么再也不写作了。当年，他住发霉的破房子都能坚持写作，如今，新中国给了作家那么多优厚条件，他却找不回写作的状态了，再也拿不起手中的笔了，再也写不出时代要求的作品了，她的丈夫怎么可以这样。

没有人能帮得了沈从文，张兆和也无能为力，她发现自己根本就不懂他，而且越来越不懂。她不知道，这样的命运对他们来说并不是最悲惨的，还有更大的挑战在后面。

20 世纪 60 年代，张兆和被下放到湖北接受再教育，留下沈从文一个人待在北京的家中。

二姐张允和去看望独自留在家中的妹夫，走进沈从文的房间，张允和绕着满地摆放的乱七八糟的东西才能走进屋子，别说找个可以坐的地方，落脚都难。允和勉强理出一块立足之地，站在那里和沈从文聊了一会儿，感觉他精神尚可，便准备回家。沈从文却拉住张允和不让她走："莫走，二姐，你看！"他像个小孩，从衣袋里掏出一封皱皱巴巴的信，举到允和眼前，面带羞涩地说："这是三姐给我的第一封信。"三姐便是张兆和，张允和想接过来看看，可沈从文并没有给她，而是把那封信深情地放在胸前，轻声喃喃自语："三姐的第一封信——第一封。"说着，他便啜泣起来，既像是高兴又像是伤心。一个六十多岁的老人，哭得像个孩子，张允和尴尬地站在那里，不知道该怎么去哄这个受了刺激的妹夫。

到了那年的冬季，沈从文也被送到了湖北张兆和下放的地方。于是，分离了一段时间之后，两个人在湖北乡下重逢了。

张兆和的工作是把厕所的粪便挑到菜地里去。第一天干这种又脏又累的活的时候，她站在臭烘烘的厕所旁，泪水悄悄在眼眶里打转转。自从嫁给了沈从文，她身上娇小姐的脾气已经消失殆尽了，这些年她努力让自己向质朴的家庭主妇看齐。不过，这掏大粪的活计，离一个普通的家庭主妇依然有一段距离。忍着强烈的生理反应，她不知道自己第一天是怎样熬过来的。

乡下的天空很蓝，景色很美，但是，乡下的厕所很脏，如果不与大粪打交道，也许在湖北会找到一些乐趣。

沈从文来了，他做不了重体力活，顶多也就是干点打扫厕所之类的工作，兆和的工作也改成了看守厕所，职责是防止有人偷粪便，这项工作相对于掏大粪要轻松多了，她很知足。

在五七干校下放了三年之后，他们终于一起回到北京。

回京后，张兆和独自住在一处，沈从文住在1公里外的一间小房子里。每到吃饭的时候，沈从文便到张兆和那里去吃饭。经历了各种磨难，沈从文的心态渐渐平和起来，身体也逐渐好转。1979年，沈从文在沉寂落寞30年之后，重新被重视和关注，他的工作和生活都发生了改变。

对于这一切，张兆和漠然而平淡，她从来没想过要生活在沈从文的光环下，过去没有过，现在也没有，她永远只是张家的三小姐张兆和、教师张兆和、编辑张兆和。她默默做自己喜欢的事情，默默为别人编稿子，默默用自己的工资资助25个失学儿童。

真正的大家闺秀不在形式上，而是骨子里与生俱来的大家气质，她便是这样。

这一生，张兆和实在太不易了。有人说，她忘记了走近沈从文、了解沈从文。她怎么会忘记呢？当初沈从文给她写情书的时候，她不想走近他、了解他；刚刚结婚的时候，因为他的出轨，她不愿走近他、了解他；后来纷杂困顿的生活中，她顾不上走近他、了解他。

还没有来得及走近他、了解他，沈从文便在 1988 年夏天先走了一步。这些年，沈从文身心饱受摧残，身体彻底垮了，虽然抑郁症没什么大碍了，脑血栓却开始折磨他，说话和行动都出现了障碍。他是因为心脏病猝发病逝的，留给这个世界的最后一句话是："我对这个世界没有什么好说的。"

沈从文去世后，张兆和的工作基本上就是整理沈从文的文稿。

一页一页翻阅他留下的各种手稿，斯人已去，留在纸上的气息还在，翻阅那些文字，恍惚间总感觉在翻阅别人的故事。

她一生都不懂他，等她开始懂他了，他却不在了，命运总是喜欢捉弄人。

她没想到自己的最后一项事业是整理编选他的遗稿，完成了这项庞大的工程之后，张兆和长叹一声，她了解他了，可以告慰他了。

她没有什么遗憾，可以安安静静走了，2002 年二姐张允和已经去了天国。2003 年春节过后，元宵节的大红灯笼还挂在门外，张兆和在那个初春的日子告别了人世。

那年，她 93 岁。

古色今香海外情

　　她的书法写得极好，她的昆曲唱得原汁原味，她的诗词优美动人。这样天赋极高的女子，即使相貌平平，也会被人仰慕，但她恰恰又容貌俊美，气质高雅。

　　集聪慧、秀美、才识于一身的张充和也很有社交的才能，民国时代有一批大师级的文友诗友，陈寅恪、金岳霖、胡适之、张大千、沈尹默、章士钊、卞之琳，这些在中国近代文化史上可圈可点的大人物，都是她的好朋友，另外，她还有三个在中国文化界知名的姐夫。

　　了解张充和的人都知道，她能写一手娟秀端凝的小楷，她的楷书流传在世的有一些，书法风格结体沉熟，骨力深蕴，有人说她是"当代小楷第一人"。她的书法老师便是民国时期的书法家沈尹默。为了向沈老师学书法，在重庆的时候，张充和总是坐着送煤油的卡车到歌乐山沈尹默的家中求教，这个学生不但真诚，还刻苦，这样的学生哪个老师都喜欢。沈尹默很器重这位女学生，从他对充和的称呼上，就能看出他对这位女弟子的欣赏。刚开始的时候，他称呼充和"充和女史"，因为那时候对这个小女子还不太了解；后来了解了，便称她"充和女弟"。

　　在大西南躲避战乱的那段艰苦日子里，张充和因祸得福，有机会广泛结交文艺界人士，得到诸多名师指导。章士钊曾赠诗给她，誉她为才女蔡文姬，戏剧家焦菊隐称她为当代的李清照。

这些大师不惜笔墨夸赞一个年轻貌美的小姑娘，绝对不是因为他们喜欢美色。张充和的文采真心让这些大师叹服，他们与她的交往，是人与人之间平等的精神交流，是文人之间的文化气质相投的结交，她的学识水平得到了大家的认可。

确实，张充和的诗词水平是人们普遍认可的，她的代表作《临江仙·桃花鱼》意境很美：

> 记取武陵溪畔路，春风何限根芽。人间装点自由他。愿为波底蝶，随意到天涯。
>
> 描就春痕无著处，最怜泡影身家。试将飞盖约残花。轻绡都是泪，和雾落平沙。

这首诗词颇有李清照诗词的风韵。

她从小喜爱诗词，青年时代也是一个文艺女青年，曾经随手创作了不少诗词作品。她的诗词，只有极少部分集结成册，她说一切随缘，不必刻意去出什么作品文集。

她的画也画得不错，曲书诗画都是高水平的。

张充和是个聪明人，但是，她的任何一种才艺都不凭借小聪明，不论是书法、昆曲还是诗文，都有深厚的底蕴和积淀，都下过深功夫而苦学有成。她的书法从童年时代就开始练习了，每天早上都坚持临帖练字，这个习惯，一直持续到她八十八岁。她不论走到哪里都带本字帖，为的是随时可以临帖练字。对于书法，对于练字，她的看法是："书法是一门艺术。不练字就无法画画，不读诗词就不会喜爱昆曲。都与修养有关，就是养性。比如心情烦，什么都不想做，我还可以写字。"

1949 年，张充和随着丈夫去了美国，在异国他乡，这些技艺不但成为她传播中国传统文化的宝贵财富，也成为她谋生的饭碗。她在国外传播正宗的昆曲艺术，甚至比国内流传下来的还纯正；她传播传统的书法艺术也是从正楷起步，绝不投机取巧。张充和开设的昆曲、书法选修课程深受学生们欢迎，她开拓了古典汉学之路，培养了一大批研究汉学的名学生。

一种异域文化要在异国他乡进行传播，其难度远非我们所能想象。刚开始的时候，张充和在美国传播昆曲并不容易。那时候，我们土生土长的中国人，都快把昆曲中的精髓弄丢了，外国人怎么会凭空喜欢一种古老的中国古典戏曲呢。好在她不是孤军作战，后来有语言学家李方桂等许多爱好传统文化的中国朋友加盟。

张充和的学生都是高材生，在耶鲁大学，她的丈夫傅汉思教中国诗词，她在这所院校的美术学院教中国书法和昆曲。美术学院的学生，学中国书法似乎更能领略这些象形字的真谛。张充和曾对朋友们开玩笑说，她的美国学生把学中国书法当画画，不过这些画出来的书法作品却也是味道十足。她不仅在美国传授中国文化，还把领域拓宽到加拿大、法国和

中国香港、中国台湾地区的 23 所大学以及各学术所。美国也
有个昆曲学会，张充和是昆曲学会的顾问。她凭借自己的号
召力，经常组织演出，为推广中国戏曲做出了很大贡献。

昆曲的演唱是需要有笛师配合的，但是，在国外找一个
像模像样的能演奏昆曲的笛师根本不可能。在课堂上，为了
让教学更加形象生动，张充和每每都是先把笛音录好，到了
演唱需要的时候再放录音带做伴奏。

张充和还做了一件别人做不来的事情，就是把昆曲与书法
结合起来。她抄录了大量的昆曲曲谱，不是一般意义上的抄录，
而是用工整的楷书认认真真抄录的，每一张曲谱都是一篇书法
作品。曾见过坊间流传的张充和用小楷抄录的昆曲《金瓶梅》
工尺谱，字体雅逸流畅，潇洒秀美，结体沉熟，骨力深蕴。还
见过一张她托腮坐在书桌前浅笑的照片，照片上的张充和头发
花白但依然仪态典雅，像一幅古雅的仕女画。那种永远褪不去
的美丽融入骨子里，是普通女子模仿不来的。写小楷的女子本
就迷人，写小楷唱昆曲的女子便更加迷人。

1981 年春天，张充和的昆曲唱腔曾在纽约大都会美术馆
建成的仿苏州网师园的明轩，让众多昆曲爱好者倾倒过一次。
那天，她用昆曲唱法为大家唱《金瓶梅》的曲子，那优美柔
和缠绵婉转的行腔，征服了所有的昆曲爱好者。

1986 年，她与傅汉思、大姐张元和从美国到北京参加为
汤显祖逝世 370 周年而举行的纪念演出，那一次，她则把国内
外所有的昆曲爱好者都征服了。

深冬季节，充和与大姐飞回久违的北京。在这之前，充和已经和姐姐们见过面了。1985 年，她受首都师范大学邀请给书法班讲课，她欣然前往。她的课，让学生们感觉开阔了眼界。那一次，她就见到了二姐允和、三姐兆和。在姐姐们眼中，充和确实老了，那个喜欢穿着素色旗袍、留着两根粗长辫子的小妹，如今头发也已经花白了。不过，她依然精致优雅，脸上着了不留痕迹的淡妆，耳朵上戴着白色珍珠耳环，和二姐允和一样，头发在脑后盘成发髻，穿着合身的旗袍，她身材纤瘦匀称，穿上那件旗袍依然风韵犹存。充和一生最喜欢的服装就是旗袍，她的衣柜里有各式各样的旗袍，那些旗袍都是民国时代的传统样式，穿在她身上，一个原汁原味的民国女子便带着温婉的浅笑穿越而来。

这一次来参加昆曲盛会，她还见到了暗恋她一生的卞之琳。

那天，在全国政协礼堂的舞台上，她演出的是昆曲《游园惊梦》。张元和演小生柳梦梅，张充和演杜丽娘，文博大家朱家溍配演大花神。从唱腔到造型都是传统的，台上的演员最年轻的也有七十多岁了，台下的观众基本上也是白发苍苍。

卞之琳应张充和之邀，在观众席给她捧场。这是相隔半个世纪的一次捧场，当年卞之琳看张充和在舞台上演出时，他们还是青春年少。卞之琳坐在台下，专心致志做观众。舞台上的杜丽娘，远远看起来还是飘飘若仙，细看毕竟是老了，岁月不饶人。她的唱腔依然很美，音韵中却多了岁月的沧桑；

她的步履身段依然中规中矩，只是少了青春时的轻盈洒脱。

此时，舞台下的忠实观众不但有卞之琳，还有陪着张充和一同来的傅汉思。这个已经汉化的外国人全神贯注地看着妻子在舞台上表演，他的目光几乎是深情的。卞之琳突然觉得自己在这里很多余，自己暗恋了充和一生，最终也赢不了她的心。他认输了，输给了这个外国人。尽管演出中张充和让人给卞之琳捎口信，散了场别急着走，一起好好叙叙旧。但是，卞之琳在演出即将结束的时候，还是默默离开了坐席，没打招呼便提前退了场。大概他觉得，还是离开比较好。

这次离开，便是永远，不再相见，不再有交集。不管心里是不是已经放下，至少，在形式上，卞之琳已经放下了。充和的一切都不属于自己，何苦自己为难自己呢。

那场演出结束的时候，张充和没有再看到卞之琳。和当年一样，一走下舞台，她的周围便围上来许多人，她根本没机会去关注卞之琳在不在。

大家围着张家姐妹，意犹未尽，对她们的表演说着赞美的话。

大家说，张充和演的杜丽娘既端庄又含春，大姐张元和演的柳梦梅也好，最感人的场景是，杜丽娘和柳梦梅相会的时候，她们的表演情景交融得天衣无缝。

世字辈的昆曲名家朱世藕说，张充和的一招一式很地道，特别是她的两只手，从始至终只露出水袖四个指头，这是最讲究的闺门旦表演，她已经几十年没见过这样正宗规范的闺门旦了。

闺门旦又叫小旦，有别于正旦青衣，一般是没有出嫁的闺阁少女。这一类的角色大多是性格内向、腼腆，她们大气、贵气、娇气和雅气，声音要甜美，笑容要恰到好处，动作要足不出裙，步子干净，走起路来沉膝提腰，最要紧的是闺门旦要有纤细的小蛮腰。她们的兰花指的拇指必须搭在中指最末一节上，这种最传统的闺门旦占法表演，讲究只露三四个手指，即便整只手露出水袖，也不能直摊开五个手指，这样才能更好地表现未出阁少女的腼腆和温婉。

这样的细节，学戏的时候只有靠老师手把手传承下来，才能继承得这样好，这类细节一般观众看不出来，也只有真正的内行才能看懂。这样的细节，显示出表演者扎实深厚的传统戏功底。张充和之所以几十年后还能演绎出闺门旦的那份典雅，与她的出生成长环境有很大关系，她受过传统教育，自己本身就是个大家闺秀，她的表演便是塑造年轻时代的自己。所以，那一招一式都不是做作，而是对自己闺阁岁月生活状态的回忆，所以，她能把大家闺秀演得那么到位。

那一次的纪念演出，是昆曲的精英文化大聚会，一些断档的、被弄丢的昆曲艺术细节和技艺，这一次又都找回来了，那次活动为传承和发扬昆曲这门传统艺术起到了不可忽视的积极作用。

张充和在耶鲁美术学院讲授书法课，是难得的好老师，她深受师生们的敬爱。后来，张充和年岁大了，准备要退休的时候，还有许多人挽留她。与张充和做过十年耶鲁大学同事的著名学者余英时曾经回忆说，20 世纪 80 年代初张充和与他谈到退休的话题，余英时写了一首诗劝阻她："充老如何说退休，无穷岁月足优游。霜崖不见秋明远，艺苑争看第一流。"

从 1961 年到 1985 年，张充和在耶鲁大学美术学院整整教了 24 年书法。

退休之后，除了偶尔参加一些社会活动，她每天的主要功课就是临帖。她临碑帖的面很宽泛，汉隶、魏碑、唐楷、草书都临，从汉代隶书、二王书法到六朝墓志、唐人楷书和草书等，她都认真临过。

她临帖、练字，那些精美的书法作品不为销售，也不为参加书法展，仅仅就是为了自娱自乐。这种中国传统文人的自娱性艺术，是不为五斗米折腰的骨气，是自古独有的精神文化遗产，是高雅的士文化的优秀传承。正因为她继承了这种古色今香的士文化精髓，才永远丢不掉大家闺秀的高贵气。她的作品、她的人品、她的气质，都散发着迷人的高古韵味和气息。

2015 年 6 月 17 日，张充和在美国家中去世。

她去世后，悼念她的文章纷纷冠以"最后的才女""最后的闺秀"这样的标题，她确是民国最后的才女、最后的闺秀。从此，这个世界上不会再有这样正宗的民国才女和大家闺秀了。

后　记

这是我为民国婉约系列创作的第四部关于民国女子的书。

我喜欢我写的每一个女子，赵四小姐、萧红、丁玲，以及这部书中的张氏四姐妹，她们一个个气质如兰，而且才华横溢。她们每个人都有不同的故事，走近她们，常常被她们丰富多彩的传奇人生所感动。

张氏四姐妹，张元和、张允和、张兆和、张充和是与赵四小姐、萧红、丁玲等这些民国女子不同的另一个群体。

她们有着与众不同的家庭出身，是出生在名门望族的大家闺秀。她们出生在一个新旧交替的时代，旧式温情脉脉大家庭的传统家学和新式教育，把她们培养成为一代亦新亦旧的特殊女子，她们骨子里有着传统大家闺秀的品貌教养。这些从高贵门第中走出来的女子，一颦一笑都带着独有的气质，眉目间是特有的安静和淡定，举手投足间展现出特有的沉稳。

她们恪守礼仪，知书达理，低调行事，永远保持着自己的一份体面和一份规矩，哪怕是在最落魄的人生低潮期，她们也不肯低下高贵的头颅。这民国四姐妹既传统又现代，新式教育又让她们知性浪漫、追求上进。少女时代，她们不仅仅是闺楼中的大小姐，还是青春靓丽的女学生。出嫁后，她们不仅仅是可以上得厅堂、下得厨房、相夫教子的贤妻良母，还是有才华、有抱负、有事业心的才女。

在爱情上，她们抛开了陈腐的门当户对，以及父母之命、媒妁之言，她们追求幸福美满的自由爱情。

在生活上，她们活得雅致而充实，把每一个平常的日子过成了旖旎的诗。

在事业上，她们在各自的领域成就了一番事业，和自己的丈夫一起，站在了中国文化的最高端。

提及民国世家，今天的人往往想到的是曾经站在政治权力最顶端的宋氏三姐妹。可民国时期，这样的世家，还有张氏四姐妹，还有另外一些此类的大家闺秀。她们有一个共同的特点，都是典型的大家闺秀，都美丽高雅，在容貌、才艺、家世、教育等方面都出类拔萃。但是因为从小接受的教育不同，成长背景不同，决定了这些女子会追求不同的爱情模式，会嫁给不同类型的丈夫，会走上不同的道路。她们都是民国时代的奇女子。宋氏三姐妹以及她们的丈夫在政治上为中国历史写下了浓重的一笔，张氏四姐妹以及她们的丈夫则为中国文化历史创造了宝贵财富。

大家闺秀如果生长在太平盛世，便是遵循传统礼教、养尊处优的闺阁女子。中国历史上曾经有无数这一类的女子，她们也内心丰富，她们也才情斐然。如果寻到了一份好姻缘，便会幸福一生；倘若缘分不对遇到了一个不称心的人，纵有再好的教养品德和美貌才情，也只能哀婉一生。她们的命运是和婚姻紧紧相连的。

民国的大家闺秀，似乎更难一些。但真正的优秀者也更容易脱颖而出。与其他女子相比，因为家境的殷实，面对各种灯红酒绿的诱惑，她们更有傲骨，更有定力；因为精神上的独立，面对尘世间的跌宕起伏，她们更稳得住阵脚，比如张氏四姐妹，便是这样的女子。她们独特的美、独特的人生阅历，留给世间诸多回忆。

张氏四姐妹，是公认的中国最后的大家闺秀。

这样的传统世家，这样的大家闺秀，已经成为历史绝唱。